Mouvement perpétuel

Renaud Capuçon

Mouvement perpétuel

Flammarion

ISBN : 978-2-0814-5153-7

À mes parents, Anne-Marie et Jean-Louis,
sans qui ce mouvement perpétuel
n'aurait jamais existé.
À Eliott et Laurence
qui ont donné sens à ma vie.
R.C.

Chapitre premier

En scène

On frappe à la porte : « Monsieur, l'orchestre ne va pas tarder à s'accorder, c'est à vous dans cinq minutes. » Je jette un dernier regard dans le miroir pour vérifier que mon nœud papillon est bien droit, quelques notes pour être sûr que mon violon est bien accordé. Vite, je m'assure que j'ai avec moi les quatre cordes de rechange au cas où l'une d'entre elles viendrait à casser pendant le concert, c'est certes très rare, mais cela peut arriver et il faut pouvoir réagir en une fraction de seconde.

En réalité, ma préparation a commencé dès le déjeuner, souvent pris dans la solitude de ma chambre d'hôtel. Un sas indispensable, un moment de calme où je me consacre à l'écoute de podcasts divers pour penser à autre chose qu'à la musique pendant quelques instants au moins. Un peu de détente et de décontraction, surtout lorsqu'il s'agit de rire aux blagues de l'un de mes humoristes préférés à la radio. Puis vient l'heure de la sieste. C'est la coupure qui m'est nécessaire pour gérer ce long tunnel qui me mène inexorablement au concert. Je ne peux m'empêcher de sourire en repensant à mes jeunes années : toute cette débauche d'énergie qui me poussait à jouer jusqu'à l'épuisement et jusqu'à la dernière seconde pour être parfaitement prêt ! Résultat, j'arrivais sur scène dans un état de tension et de fatigue qui me pénalisait parfois. Au fil des années et des centaines de concerts effectués, j'ai appris à dormir, le meilleur moyen d'entrer dans ma concentration, de récupérer une énergie salvatrice qui me sera précieuse le soir.

Quel que soit le pays, l'enjeu du concert, l'intensité du concerto à jouer ou la pression qui repose sur mes épaules, je m'octroie systématiquement cette pause d'au moins deux heures. Je mesure ma chance d'avoir cette capacité à plonger dans un sommeil profond en un clin d'œil, comme savent le faire aussi les navigateurs lors des transats en solitaire. Au réveil, immuablement, une tasse de thé, puis une deuxième, une troisième. Ça y est, mon horloge interne s'est enclenchée, une sorte de mouvement perpétuel qui bruisse au fond de moi. Toute mon énergie se focalise, se précise, mon esprit se tend vers un seul et unique objectif. Pendant le trajet jusqu'à la salle de concert, peu de mots échangés dans la voiture. Je suis déjà immergé dans la musique. Je me projette sur scène, je fais défiler la partition dans ma tête. À l'arrivée, il y a cette sensation si réconfortante de retrouver l'atmosphère et la beauté des grandes salles comme le Musikverein de Vienne, la Philharmonie de Paris, ou encore la magnifique salle de Salzbourg où j'ai la chance de me produire régulièrement et où tant d'immenses musiciens m'ont précédé, auréolés de leur légende glorieuse. Jamais le petit garçon de quatre ans que j'étais, et qui étreignait pour la première fois un violon, n'aurait pu imaginer un seul instant jouer dans ces temples sacrés de la musique classique !

C'est une fois installé dans ma loge que le corps-à-corps avec mon violon reprend : physique, intense, parfois douloureux. Je ne cherche pas à le dominer, mais plutôt à le cajoler, à l'amadouer pour en tirer le meilleur. Tous les deux, nous avons du tempérament et aussi nos bons comme nos mauvais jours. Lui, lorsque rétif il sonne bizarrement quand son âme (petite pièce d'épicéa à l'intérieur du violon) se dérègle ou qu'il est légèrement décollé (ce que je suis souvent le seul à entendre). Moi, lorsque je souffre du décalage horaire et de la fatigue, notamment après de longs voyages en Asie ou aux États-Unis.

Malgré cela, à chaque fois, la magie opère. En quelques instants la symbiose se produit et immanquablement nous finissons par ne plus faire qu'un. Il est mon prolongement. Viscéralement une partie de moi.

Sa couleur ambrée, ses harmonies soyeuses qui se déploient depuis 1737 font vibrer chacune des parcelles de mon corps et de mon âme. Je me sens rassuré, puisque soudé spirituellement et physiquement à lui dans une sorte d'étreinte organique. Le voyage peut commencer.

Vient l'heure du rituel, la dernière chose que je fais systématiquement avant de sortir de ma loge : je cherche le petit flacon de parfum qui m'accompagne partout et qui est niché au cœur de ma boîte à violon. Quelques gouttes de cette fragrance pour m'envelopper d'un peu de douceur, comme une carapace magique avant l'épreuve et afin d'achever ma préparation.

Je n'ai que quelques mètres à parcourir pour m'approcher de la scène, qui est le plus souvent très proche de ma loge. Dans certaines salles, il y a parfois des escaliers et des ascenseurs, un trajet qui me permet de renforcer l'état de concentration intense dans lequel je suis totalement plongé à ce moment-là. Les notes dansent dans ma tête. Les miennes, mais aussi celles de l'orchestre qui me répondent, je me place mentalement dans le chemin musical invisible qui va se matérialiser dans quelques instants sous les yeux des spectateurs attentifs. Ce que je ressens à ce moment-là est un mélange d'excitation profonde mâtinée d'un certain vertige, qui s'apparente à la sensation de se jeter dans le vide ou à une mise à nu totale.

Derrière le rideau, dans les dernières poignées de secondes, j'échange quelques mots, souvent un trait d'humour avec le pianiste ou le chef d'orchestre qui m'accompagne ce soir-là, une façon d'éprouver la fraternité entre musiciens qui tous, du plus grand au plus jeune, ressentent la même humilité profonde à cet instant précis où il s'agit de servir une œuvre ou encore un compositeur illustre qui domine les siècles. Pour moi c'est l'ultime moment d'introspection, le temps d'une dernière envolée de notes sur mon violon, tout en me laissant déjà effleurer et envelopper par les sons, les murmures et les parfums qui montent de la salle. Ce bourdonnement familier que j'appréhende autant qu'il me porte et me fait avancer. Je réfléchis encore à une sonorité, je fais chanter dans ma tête un trait difficile et puis ça y est. L'orchestre est là, tout proche, avec ses quatre-vingts musiciens. Je le sens physiquement vibrer, gronder d'impatience après qu'il s'est accordé. J'ai hâte de les rejoindre, de bondir sur scène pour partager avec eux le concerto que nous avons préparé ensemble. Un dernier mot, un dernier regard, ou une accolade au chef d'orchestre. Il est temps d'entrer dans le cercle de lumière et de me mettre au service de la musique.

Chapitre 2

La vallée de l'enfance

La nuit est baignée d'une atmosphère ouatée. La neige est tombée en abondance cet hiver-là. Nous sommes en Savoie, à Bourg-Saint-Maurice, dans la maison de mes grands-parents maternels. C'est une grande bâtisse savoyarde sans charme particulier, mais assez volumineuse et chaleureuse pour accueillir toute la famille. Il y a trois étages, et les escaliers en bois résonnent des cavalcades enjouées des cousins heureux de se retrouver et de se chamailler pour les vacances.

Ma grand-mère, fine cuisinière, est souvent derrière les fourneaux pour préparer les repas pris sur la grande table en bois, dans la salle à manger. Ma mère est l'aînée de sept enfants. Les retrouvailles sont donc bruyantes, joyeuses et pleines d'activités – dont le ski est la plus appréciée, bien sûr.

Dès le matin nous chargeons les skis dans la voiture pour nous rendre au téléphérique de Bourg-Saint-Maurice : trente minutes plus tard, nous pouvons enfin les chausser et dévaler les pentes de la station des Arcs, créée dans les années 1970 par le skieur Robert Blanc et le visionnaire Roger Godino. Ensemble, ils vont inventer un concept qui sera copié partout ailleurs : une station de ski qui se décline sous plusieurs formes et différentes altitudes. Arc 1600 d'abord, puis Arc 1800 et Arc 2000 pour la grande joie des amoureux de la glisse en montagne. La géniale Charlotte Perriand est mise à contribution pour imaginer des appartements novateurs aux lignes épurées. Elle fera partie des pionniers des Arcs.

Le petit supplément d'âme de cette station, c'est la musique qui y est présente depuis le début. La musique classique bien sûr, et les premiers concerts ont lieu sous la Coupole d'Arc 1600, une salle ronde charpentée de bois. On est loin de l'atmosphère guindée des grandes salles de concert. L'ambiance y est très décontractée, on y vient souvent en après-ski pour terminer une journée de sensations fortes sur les pistes.

Dès 1973, une académie est créée par Yves Petit de Voize, un véritable découvreur de talents. Grâce à la confiance et au soutien du mécène et ami Roger Godino, il imagina alors l'une des premières académies européennes, sur le modèle de celles de Tanglewood ou d'Aspen aux États-Unis : l'académie « festival des Arcs ». Des centaines de jeunes artistes se succéderont pendant des années pour suivre les cours de différents maîtres et écouter des concerts dans ce lieu insolite niché au cœur des pentes enneigées.

L'été, un grand chapiteau blanc abrite les concerts gratuits des professeurs de l'académie festival. L'hiver, c'est la salle des congrès de l'hôtel du Golf à Arc 1800 qui accueille au dernier étage, devant un public privilégié et des enfants assis par terre, les musiciens les plus réputés : Martha Argerich, Michel Beroff, Augustin Dumay, Michel Dalberto, Gérard Caussé... Parmi les spectateurs on croise Annick Goutal, Gérard Depardieu, Michel Rocard, Michel Tournier, ou encore Anne Sinclair. Europe 1 s'installe sur place pour retransmettre des émissions en direct. Quelle belle époque pour la musique ! Radio Les Arcs diffusait les infos du jour et les interviews de musiciens, et la voix de Véronique résonne encore dans mes oreilles : elle était la star de Radio Les Arcs.

Je me souviens qu'en rentrant du ski je me changeais à la hâte, encore courbaturé par la journée d'efforts, pour m'installer devant la cheminée en savourant la tarte aux pommes ou les bugnes que ma grand-mère Léa nous avait confectionnées. Déjà, il était l'heure de bondir à nouveau dans la voiture lorsque 18 heures sonnaient à l'horloge, puisque le concert démarrait à 20 heures. Oubliée la fatigue, évaporées les 35 minutes de voiture pour se garer sur le parking de la résidence Pierra Menta (c'est l'un de ces immeubles locatifs construits à flanc de montagne) : la musique m'appelait de façon impérieuse. Je ne pouvais m'empêcher de courir sitôt rejoint l'hôtel du Golf, le long des couloirs recouverts d'un sol caoutchouteux conçu pour ne pas glisser avec les chaussures de ski en hiver. J'ai encore en mémoire, avec une précision surprenante, l'odeur de ce matériau peu esthétique mais indissociable de ma passion pour la musique. Ces moments sont les plus heureux souvenirs de mon enfance.

Je me revois seul avec mes parents à l'arrière de la voiture familiale, une 104 blanche, brûlant d'impatience d'entendre un trio de Brahms, une sonate de Schubert, un quatuor de Beethoven ou encore une sonate de Ravel. Avec un peu de chance, je me disais même que je pourrais rencontrer les artistes que j'avais entendus au *Grand Échiquier* de Jacques Chancel. Un bonheur inouï.

Me reviennent aussi les bruits mats et les crissements de nos pas sur la neige à la nuit tombée et nos chuchotements enchantés. À cette époque, je suis loin d'avoir le niveau des artistes que je vais entendre ! Je joue la *Méditation de Thaïs* de Massenet – pas très bien, certes, mais je la joue quand même. Et je ne rêve alors que de progresser, de travailler encore et encore pour arriver au niveau que je me suis intérieurement fixé : le meilleur, le plus haut, bref le plus dur. Cette *Méditation de Thaïs* est d'ailleurs le morceau fétiche de ma grand-mère, qu'elle ne cessera de me demander jusqu'à sa mort : « Joue-moi l'air que j'aime bien », me demandait-elle alors avec une lueur de joie dans les yeux. C'était immuable. Après chaque dîner de famille, je devais lui rejouer « Thaïs ». C'est bien évidemment cet air-là que je jouerai quelques années plus tard le jour de son enterrement, lors d'une cérémonie religieuse émouvante où ses inconsolables petits-enfants pleureront une grand-mère généreuse et bienveillante.

Elle était tout à la fois la mamie des tartes aux pommes et de la confiture de myrtilles (que nous ramassions lors de balades en montagne avec les fameux peignes désormais interdits) que des immenses éclats de rire lorsque nous regardions les programmes de Jacques Martin ou encore les films de Louis de Funès. C'était une femme au visage rond et rayonnant, toujours prête à se dévouer pour ses petits-enfants et ses enfants. C'était mamie Léa, et son départ suivant de près celui de notre papy Jean avait mis fin à des dizaines d'années d'insouciance et d'enfance dans la grande maison familiale de Bourg-Saint-Maurice.

D'origine italienne, Jean, mon grand-père maternel, était, lui, né à Barcelonnette, alors que sa famille venait de Cuneo, en Italie. Les Garino étaient venus travailler en France comme de nombreux immigrés italiens entre les deux guerres, et mon grand-père rencontra sa future épouse Léa à Sainte-Foy-Tarentaise juste après la Seconde Guerre mondiale. Il avait été ingénieur des eaux et forêts, chérissait la nature, adorait la lecture, les mots croisés mais aussi les croûtons à l'ail (qu'il mangeait chaque soir, nous disant que c'était plus efficace que n'importe quel médicament) et bien entendu ses petits-enfants, dont il s'occupait avec passion.

À quelques centaines de mètres de la maison de mes grands-parents maternels habitait mon grand-père paternel, Narcisse, qui était d'une grande sensibilité. Originaire du village des Chapelles, au-dessus de Bourg-Saint-Maurice, il avait travaillé dans l'administration des douanes et, dès sa retraite, passait des heures dans son jardin et skiait presque tous les jours en hiver. C'était un bonheur de skier à trois générations réunies dans notre station préférée. Plus jeune, il avait été un chasseur averti et m'impressionnait par ses récits de chasse au chamois et d'escalade en montagne.

Son épouse, ma grand-mère Elmire, avait succombé à une anomalie du cœur, juste avant ma naissance ; je n'ai donc pas eu la chance de la connaître mais je l'imaginais souvent dans mes rêveries d'enfant. Tous ceux qui l'ont côtoyée parlaient d'elle comme d'une femme d'une grande gentillesse et d'une immense douceur. C'est à cela qu'elle ressemblait dans mes songes.

Elmire, Narcisse, Léa… J'aime ces prénoms d'un autre temps qui fleurent bon la France de ces années-là, une France de travail, de labeur mais aussi de droiture et d'honnêteté : toutes ces valeurs qui m'ont été inculquées. Il y avait aussi nos grandes-tantes Hortense, Lina, Emma ou Yvonne, nos grands-oncles Aristide ou Adonis, sans oublier les récits des Noëls de mon père, les soldats de plomb qu'il avait reçus, la douce odeur des peaux de mandarine que nous jetions dans la cheminée pour le plaisir de les voir grésiller et les histoires de l'occupation allemande puis italienne du village de Sainte-Foy, d'où venait la famille de ma grand-mère. De quoi peupler l'imaginaire d'un petit garçon déjà avide de savoir comment tournait le monde autour de lui.

Les concerts aux Arcs

Sitôt arrivé, je n'en peux plus d'attendre, je piaffe derrière la porte de la salle de concert, tendant l'oreille pour entendre les musiciens qui finissent de répéter le deuxième trio de Schubert. J'ai maintenant huit ans et ma vocation ne cesse de s'affermir en moi. C'est sûr, je serai musicien. Ce sera cela et rien d'autre. Je mesure aujourd'hui la chance d'avoir pu assister aux Arcs à tant de concerts gratuits, ce qui m'a permis d'éduquer mon oreille et de faire grandir ma passion dévorante pour la musique. Le public était alors très mélangé : essentiellement des résidents de la station Arc 1800, mais aussi quelques passionnés comme nous, qui rejoignaient en pleine nuit la station depuis la vallée. Enfin, nous voilà installés sur les chaises revêtues de cuir noir et munies d'une petite table pliante, car il s'agissait d'une salle des congrès. Je ne manque pas une miette du spectacle, j'observe d'abord l'arrivée du public que je vois à travers mes yeux d'enfant comme autant de personnalités très élégantes et donc très importantes. Il y a notamment l'épouse de Roger Godino, Carole, une très belle femme blonde qui m'impressionnait par son allure et son charisme. Elle arrivait toujours au dernier moment et s'installait au premier rang au côté de son mari et de leurs invités prestigieux.

Ce soir-là, c'était Schubert au programme, joué par Augustin Dumay au violon, Michel Dalberto au piano et Christophe Henkel au violoncelle. Bien sûr j'avais vu plusieurs fois Augustin Dumay au *Grand Échiquier* de Jacques Chancel, et j'étais littéralement fasciné par sa sonorité magnifique. De plus, il était immense et, du haut de mon mètre dix et mes huit ans, j'avais de quoi être impressionné. Michel Dalberto était un jeune pianiste d'à peine trente ans qui démarrait alors une brillante carrière après son premier prix au concours international de piano de Leeds et celui du concours Clara Haskil, des récompenses prestigieuses à la hauteur de son talent. Christophe Henkel, lui, enseignait à la Hochschule de Fribourg, en Allemagne.

Après le concert, impossible pour mes parents de me retenir. Je leur filais entre les doigts pour courir en coulisses afin de glaner un ou deux autographes de ces musiciens tant admirés, sur le beau cahier que je conserve aujourd'hui encore comme un talisman. Les croiser quelques instants, c'était comme une promesse de rejoindre un jour leur monde. Je tourne toujours avec beaucoup d'émotion les pages de ce cahier où se trouvent les signatures de Carlo Maria Giulini, de Mstislav Rostropovitch, de Martha Argerich, de Paul Tortelier ou encore de Veda Reynolds.

Repu de toutes ces sensations et ivre de musique et de bonheur, je savourais alors le retour vers la grande maison familiale de Bourg-Saint-Maurice. L'habitacle de la voiture était peuplé de ces notes de musique, les mélodies de Brahms ou de Schubert tournaient dans l'air du soir, et puis il y avait la merveilleuse sensation de paix et de bien-être de me sentir auprès de mes parents pour reparler encore et encore du concert et imaginer déjà celui du lendemain. Que de souvenirs magiques.

Il y avait aussi, plus prosaïquement, la perspective de la belle journée de ski qui nous attendait et du pique-nique sur les pistes. J'adorais skier avec ma sœur Aude, de cinq ans mon aînée et qui elle aussi avait commencé de son côté le piano.

Rentrer du ski, se blottir au coin du feu, regarder quelques dessins animés entre cousins et se délecter d'une raclette ou des gnocchis que ma grand-mère réussissait à merveille et dont ma mère a hérité du savoir-faire : voilà mes madeleines de Proust ! Puis se glisser dans les draps à fleurs des petits lits de notre chambre qui sentaient bon le parfum d'eau de Cologne à la lavande de ma grand-mère et rêver à la journée du lendemain. C'est clairement pendant ces moments que ma vie de musicien s'est affirmée en mon for intérieur. C'est pendant ces nuits-là que je me rêvais sur scène en train de jouer Brahms ou Beethoven.

CHAPITRE 3
Premier violon

Je ne saurai jamais comment remercier mes parents qui, lorsque j'ai eu quatre ans, ont souhaité me faire étudier la musique qu'ils avaient eux-mêmes découverte aux Arcs. Ma mère, enseignante dans l'âme, était intimement persuadée – à raison – que la musique permettait un développement harmonieux du cerveau et offrait aussi un bel équilibre interne aux enfants. Les études scientifiques menées depuis confirment ô combien cette vision des choses. C'est ainsi que j'assistais rapidement à quelques cours de « méthode active » assurés par Mme Peyrache, une prof de solfège qui s'occupait des tout-petits. Ayant détecté une « très bonne oreille » chez ce petit garçon blond de quatre ans, elle conseilla à mes parents de me faire commencer le violon. Je ne savais même pas à quoi ressemblait cet instrument, mais son évocation même me passionnait déjà. Quelques mois plus tard, surprise : mon oncle ramenait enfin de Valence l'objet tant attendu et c'est ainsi que je tins pour la première fois de ma vie un violon. À partir de là j'étudiais le violon avec le Mouvement Vivaldi, une méthode assez proche de l'école Suzuki, où les jeunes enfants apprennent l'instrument en groupe et avec leurs parents. Mes cours étaient organisés en binôme avec une très jolie petite fille prénommée Virginie et qui est désormais membre de l'Orchestre national de Lyon.

La grande récompense pour moi, c'était le samedi après-midi, car il y avait les cours d'ensemble, ce que bien sûr je préférais. Nous étions tous réunis (une trentaine d'enfants) pour jouer à l'unisson avec un accompagnant au piano. Cela sonnait tellement mieux que lorsque je jouais seul ! C'est là que j'ai ressenti pour la première fois cet appel mystérieux de la scène qui ne me quitterait plus jamais. Puis il y eut les premiers concerts.

Six mois à peine après avoir commencé à jouer, j'étais donc au premier rang, tellement petit, sur les photos retrouvées dans les archives familiales, que l'on me voit à peine. J'ai un souvenir très précis de ces concerts. On ne jouait presque que des cordes à vide (c'est-à-dire sans poser les doigts sur le manche avec la main gauche) mais on était sur scène. Et on donnait un concert ! Je suis persuadé que mon appétit de la scène est né à ce moment-là. L'excitation de l'avant-concert mêlée à l'anxiété et puis le bonheur : la musique d'ensemble, les harmonies partagées, le regard des parents, la fierté des grands-parents. Le sentiment, sûrement inconscient, de faire quelque chose de bien. De vrai. De beau.

Chaque été, il y avait aussi les académies des Arcs. Pour l'occasion, mes parents louaient un petit appartement dans la résidence Pierra Menta, à l'entrée de la station Arc 1800.

Ma sœur aînée Aude jouait du piano, mon frère Gautier, de cinq ans mon cadet, était bébé à l'époque. Ces moments en montagne l'été étaient uniques. Le matin, j'étais absorbé par les cours de violon et de musique de chambre. L'après-midi, nous faisions de grandes balades en forêt et autour du golf, où nous cherchions dans les sentiers des balles de golf perdues. C'étaient de petits trésors que je gardais précieusement. Et puis il y avait les concerts du soir. Mille personnes réunies sous le grand chapiteau blanc pour écouter les orchestres de l'Académie (le A et le B), les professeurs, solistes et élèves de cette grande académie où tous les concerts étaient gratuits.

À ces étés culturels et sportifs au grand air succédaient les traditionnelles vacances en Bretagne. La route était longue, nous étions organisés pour pouvoir dormir tous deux, ma sœur et moi, sur les banquettes arrière de la Peugeot 104 blanche, où couvertures et oreillers étaient disposés pour nous faire de petits lits. Mon père, grâce à un grand Thermos rempli de café, conduisait toute la nuit, et lorsque nos yeux s'ouvraient à l'aube, réveillés par le soleil, l'océan nous tendait les bras. Les grandes plages du Finistère, les châteaux de sable et les longues marches remplissaient nos journées. Ce fut une enfance heureuse, studieuse et toujours active. Je la dois à des parents extraordinaires, ayant toujours su mettre en avant les aspirations culturelles de leurs enfants et ayant fait passer leur éducation devant toutes les autres priorités. Les vacances étaient « bâties » autour de nos différents stages et académies, avec toujours à l'esprit la volonté de nous faire vivre à la fois les plaisirs de l'océan et de la montagne. Le tout avec des moyens modestes : mon père était fonctionnaire dans l'administration des douanes et maman était mère au foyer dévouée à ses trois enfants. À l'heure où je suis moi-même devenu père, je réalise la chance unique qui fut la nôtre : celle d'avoir eu une enfance saine et remplie de culture et de sport.

À Chambéry, ville où j'ai vu le jour, la vie était également réglée comme du papier à musique. Il y avait bien sûr les cours de violon, musique de chambre et d'orchestre (que dispensait le directeur de l'École de musique de l'époque, François Bonnal), et c'est dans la rue Paul-Bert que je devais passer une grande partie de mes mercredis après-midi et de mes samedis. Le cadre était bien fixé. Les règles connues. Il y avait un sens du travail et de l'effort qui était la somme d'une éducation rigoureuse et organisée, mais jamais autoritaire. Des heures de vie construites sur le respect et l'effort. La connaissance et la culture. J'étais assidu à l'école, plutôt bon élève. Mais, passionné par la musique, je passais des heures à la médiathèque de Chambéry afin d'élargir ma connaissance musicale. Pour y aller, je me rappelle mon entrain en enfourchant mon vélo pour pédaler à vive allure vers le Graal. C'était un moment de liberté et de détente après mes heures de pratique du violon qui me déchiraient la peau encore tendre du cou. J'empruntais tous les vinyles et CD que je pouvais et les retranscrivais sur les cassettes audio que ceux de ma génération ont connues. De petites cassettes de 60 ou 90 minutes de la marque TDK, Sony ou Kawai.

Avec un soin méticuleux, je gravais chacun de ces disques sur une K7 que je répertoriais par compositeurs. Tout cela consigné dans un classeur rempli de fiches. Chaque K7 ayant un numéro. Il me suffisait de chercher le nom du compositeur et l'année sur un classeur pour avoir le numéro de K7 et la retrouver aussi facilement. Récemment, j'ai retrouvé ce classeur et redécouvert ainsi près de 500 K7 audio. C'est par ce biais que j'ai construit patiemment, entre dix et dix-sept ans, ma propre culture musicale. De la musique de chambre (découverte aux Arcs) je passais aux concertos pour violon (Bach, Beethoven, Brahms, Sibelius, Mendelssohn, Tchaïkovski, Mozart, Schumann, Saint-Saëns, Lalo puis Prokofiev, Bartók, Berg, Stravinsky), enfin aux symphonies et pour finir aux opéras.

Mis à part les heures d'école, j'étais tout entier tourné vers la musique. Quand je n'en écoutais pas, je jouais du violon ou j'allais au concert. À cette époque-là, alors que les autres petits garçons jouaient au foot ou au tennis, je travaillais avec ardeur environ trois heures par jour mon instrument.

C'est en 1986 que j'ai rencontré celle qui allait devenir mon maître pour les dix prochaines années et le principal mentor de ma vie de violoniste : Veda Reynolds. Elle venait d'arriver en Europe après avoir été professeur au prestigieux institut Curtis de Philadelphie. Violoniste au sein de l'orchestre de Philadelphie, elle avait elle-même été l'élève de Georges Enesco, Efrem Zimbalist (dont elle deviendra l'assistante à l'institut Curtis avant de reprendre sa classe),

Ivan Galamian ou Carl Flesh, autant de noms prestigieux du monde des violonistes. Désormais à la retraite du Conservatoire national supérieur de musique de Lyon, où elle avait enseigné quelques années, elle commença à me faire travailler de façon assidue. Tous les mercredis, mon père m'emmenait à Lyon, pour suivre les cours de Veda Reynolds. C'étaient des moments privilégiés, partagés avec mon père, qui assistait à tous les cours et prenait des notes (que j'ai récemment retrouvées, consignées dans deux volumineux carnets). Ils duraient entre trois et quatre heures. Il m'est même arrivé une fois ou deux de m'évanouir de fatigue ! D'une intensité et d'une densité incroyables, ces heures étaient de véritables laboratoires d'expériences pour moi. Elle remit complètement ma technique à plat et organisa méthodiquement chacun de mes mouvements (spécialement la main droite) en vue de leur donner la puissance nécessaire.

Alors que j'enseigne aujourd'hui à la Haute École de musique de Lausanne, en Suisse, je me surprends à prononcer, quelque trente années plus tard, les mêmes phrases et les mêmes conseils à mes élèves. Tout l'enseignement de Veda Reynolds était basé sur la décontraction du corps et notamment des épaules, en vue de chercher la sonorité adéquate et de trouver sa propre voie sonore et musicale. La moindre crispation ou tension était à bannir.

Elle était d'une grande exigence, mais n'imposait jamais un doigté (de la main gauche) ou un coup d'archet (les places pour l'archet avec la main droite). Elle voulait que chaque élève puisse réfléchir seul et choisir en fonction de sa personnalité. En outre, elle passait des heures à « chercher » avec ses élèves des solutions. Elle était d'une patience absolue et, à près de soixante-dix ans, elle paraissait en perpétuelle recherche.

Vers la fin du mois de juin de l'année 1988, je jouais pour Veda Reynolds le premier mouvement de la sublime première sonate de Brahms – l'une des plus belles pages du compositeur –, mais aussi l'une des plus exigeantes musicalement. Désireux de la jouer lors du concert de l'académie des Arcs en juillet, je demandai alors à ma vénérable professeur de me donner son sentiment sur l'interprétation que je venais d'en faire. Je n'oublierai jamais le long silence qui s'ensuivit. Si long que je pensais qu'elle avait détesté ma façon de jouer et qu'elle cherchait les mots pour ne pas me faire trop de peine. Devançant sa réponse, je lui dis soudain : « Mais que devrais-je faire pour que cela soit mieux ? » Elle affirma alors, après une grande respiration et un silence qui me parut durer une éternité : « Il faudra du temps. » Ne comprenant pas du tout ses paroles, du haut de mes douze ans, j'étais presque vexé. Pas un compliment. Et il faudrait du temps ? J'étais bien évidemment incapable de comprendre que l'interprétation demandait de la maturité, du temps, du vécu. Elle avait exprimé, en une courte phrase, le sens même de la vie d'un artiste. Telle une roche, il se façonne une sonorité avec le temps. À chaque fois que je joue cette sonate, je repense à ces mots de Veda Reynolds.

Elle avait tellement raison. À chacune de mes interprétations, l'œuvre évolue, se développe, se transforme sous mes doigts. Non pas parce que je l'ai plus ou moins travaillée. Mais parce que j'ai été entre-temps amoureux, triste, heureux, que je suis devenu père... Oui... il en faut du temps ! Et, bien sûr, mon amour pour Brahms ne s'est jamais démenti et n'a fait que grandir. Je jouais donc cette sonate aux Arcs, puis, année après année, je jouais chacune des œuvres de Brahms écrites pour le violon. Ce fut tout d'abord le trio avec cor op. 40 (écrit juste après la mort de sa mère), puis le premier trio avec piano op. 8, suivi du quatuor avec piano à la hongroise op. 25.

Au-delà de la musique, je ne cessais d'interroger Veda sur son enfance, sa vie de jeune violoniste. Elle me parlait de Fritz Kreisler – qu'elle avait entendu en concert –, d'Enesco – qui l'avait beaucoup influencée –, d'Isaac Stern (qui allait devenir l'un de mes violonistes préférés). Elle me parlait beaucoup de Nathan Milstein : de sa loge, toujours ouverte pendant les répétitions, de sa liberté sur l'instrument. De sa sonorité lumineuse et solaire. Mais aussi de Jascha Heifetz, qui lui restait enfermé jusqu'à la dernière minute dans sa loge. Il était dans sa bulle et était aussi glacial que Milstein était chaleureux avant les concerts. Ses trente années au sein du merveilleux Orchestre de Philadelphie (que dirigeait alors Eugene Ormandy) lui avaient donné une culture musicale très large. La sonorité de velours de cet orchestre avait clairement façonné sa propre sonorité, qu'elle transmettait à ses élèves.

Quelle n'a donc pas été ma joie, en 2006, lors de mon début comme soliste dans le concerto de Tchaïkovski avec cet orchestre mythique de Philadelphie dirigé par Charles Dutoit, de rencontrer deux ou trois musiciens qui l'avaient bien connue. Et surtout de reconnaître, dans le son de cet orchestre, la « pâte » sonore de ma professeure adorée.

J'aurais tellement aimé partager avec elle ce moment, mais elle disparut en 2000, beaucoup trop tôt et dans des circonstances restées jusqu'à ce jour méconnues. Tous ses élèves (de M. Tree à J. Laredo en passant par G. Apap) ont vénéré cette femme discrète et secrète, l'une des plus éminentes pédagogues de sa génération. Ce furent des années qui comptèrent double dans ma vie.

À quatorze ans, et sur les conseils de Veda Reynolds, avec laquelle je continuerais à travailler en parallèle jusqu'en 1997, j'intégrais le prestigieux Conservatoire national supérieur de musique et de danse de Paris, dans la classe de Gérard Poulet, le « super-prof » du Conservatoire, à la réputation exceptionnelle.

Chapitre 4

Découvertes

C'est le violoniste Augustin Dumay qui m'a présenté à une mécène qu'il connaissait, Mme Lefebvre-Dibon. Elle était véritablement une passionnée de musique, et son aide me fut infiniment précieuse en ces années d'apprentissage. Grâce à elle, puis à sa fille Corinne, mes études parisiennes au Conservatoire et mes cours particuliers avec Veda Reynolds étaient pris en charge. Je leur serai éternellement reconnaissant de ce geste noble et généreux.

Pour ma part, la grande aventure allait commencer. Partir de Chambéry pour Paris à quatorze ans, ce n'était pas l'Amérique, certes. Mais cela provoqua un énorme changement dans ma vie, surtout pour la famille provinciale que nous étions. Il fallut interrompre ma scolarité au collège Louise-de-Savoie où je terminais ma quatrième pour m'inscrire à des cours par correspondance – les cours Hattemer –, puis passer trois jours par semaine à Paris afin d'y suivre mes cours au CNSM, le Conservatoire national supérieur de musique.

Gérard Poulet

En plus des cours avec Gérard Poulet, il y avait les classes de solfège, d'harmonie, de musique de chambre, de lecture à vue et d'orchestre. Une formation complète.

Entrer dans la classe de Gérard Poulet à quatorze ans, c'était intégrer la super-classe du CNSM de Paris. Violoniste réputé, Poulet était un professeur d'une exigence et d'une sévérité connues de tous. Il imposait à ses élèves un investissement total dans le travail. Et il valait mieux ne pas le décevoir... J'ai en mémoire des séances de cours où nous étions tous terrifiés par ses humeurs légendaires. Mais j'ai découvert aussi grâce à lui un vaste répertoire, acquis une très bonne technique et j'ai surtout appris à gérer mon stress (on était souvent très angoissés avant ses cours).

Mes trois jours dans la capitale étaient organisés de façon très méthodique. J'habitais non pas seul, mais dans une famille d'accueil, près du Conservatoire qui venait d'ouvrir à la porte de Pantin, avenue Jean-Jaurès, dans le XIXe arrondissement.

C'était une époque bénie pour les jeunes apprentis que nous étions : le Conservatoire était encore recouvert de peinture fraîche, et c'est le président François Mitterrand en personne qui l'inaugura en 1990. Je me souviens avoir tout fait pour m'approcher au plus près de celui qui était, depuis son élection en 1981, un personnage politique qui me fascinait. Je lui trouvais (du haut de mes quatorze ans) une dimension quasi mythique, et j'étais ce jour-là très fier qu'il inaugure notre conservatoire. J'aurais par la suite, en rencontrant Jacques Attali, qui allait devenir un ami cher, l'occasion de lui poser mille questions sur ce personnage de roman.

Mes semaines étaient très remplies : train de 6 heures du matin le mardi pour Paris, cours à 10 heures avec G. Poulet, cours de solfège, déchiffrage, harmonie, musique de chambre, orchestre pendant trois jours pleins, puis je rentrais à Chambéry le jeudi soir par le dernier TGV, et en profitais pour travailler mes cours d'histoire-géo dans le train. Les quatre derniers jours à Chambéry étaient remplis de cours d'anglais ou de français, et d'heures passées à travailler mon violon. Pendant ces cinq années au Conservatoire (trois ans de cycle supérieur et deux ans de troisième cycle appelé cycle de perfectionnement), j'ai eu la chance de rencontrer des collègues extrêmement bienveillants à mon égard. J'étais un môme de quatorze ans alors que la plupart d'entre eux en avaient quatre ou cinq de plus. J'étais entouré alors d'une bande aussi sympathique que drôle : Michael Dian, Olivier Peyrebrune, Marie Scheuble, Sophie Teboul ou Stéphane Rougier et quelques autres. Qu'ils soient remerciés aujourd'hui d'avoir su m'épauler pendant ces années au Conservatoire de Paris.

À cette époque, j'étais tellement avide de musique de chambre, comme un jeune homme assoiffé en plein désert, que je réunissais une à deux fois par mois des amis et des piles de partitions. Nous passions des heures, et ce jusque tard dans la nuit, à lire (c'est-à-dire à jouer pour la première fois) les plus belles pièces de Schubert, Schumann, Beethoven, Fauré, Mozart, et Brahms, bien sûr. J'avais dans ma poche une petite dizaine de passionnés qui, comme moi, partageaient le même plaisir de lire la musique. Et surtout deux pianistes excellents « déchiffreurs », qui m'étaient précieux. Laurent W. et Olivier P. Ils se reconnaîtront. Grâce à eux et à leur talent de déchiffreur, nous avons lu la quasi-totalité du répertoire de la musique de chambre pour piano et cordes.

Dans notre pays, l'école la plus prestigieuse pour la musique classique, c'est le Conservatoire de Paris. Les plus grands musiciens français en sont sortis diplômés, et c'est un passage « obligé » pour qui veut se consacrer à la musique. En tout cas, c'est l'image que l'on en avait. On était sélectionnés sur concours et, sur 250 candidats, une dizaine seulement était retenue en classe de violon cette année-là.

À tort, on pensait à l'époque que chaque violoniste, pianiste ou violoncelliste qui sortirait avec un premier prix ferait une carrière de soliste. C'est ainsi que, à quatorze ans, lorsque j'ai intégré le Conservatoire de Paris, je pensais naïvement, comme bon nombre de mes collègues, que l'avenir serait radieux. Il ne pouvait en être autrement, puisque c'était ce que les professeurs affirmaient à leurs élèves en province et ce que nos professeurs à Paris nous laissaient entendre. Les plus brillants éléments feraient « forcément » une carrière de soliste. C'est un peu comme si l'on disait à chaque élève qui sortait de l'ENA qu'il serait président de la République. Évidemment, cela ne fonctionne pas ainsi.

C'est en arrivant à Berlin en 1995, après cinq années parisiennes, que je réalisai à quel point nous étions loin de la réalité en France. Bien sûr, le niveau est excellent. Mais là, au milieu des violonistes qui, tous, rêvaient de rentrer au sein de l'Orchestre philharmonique de Berlin, j'ai compris aussi le décalage avec notre éducation française. À Berlin, l'élite des jeunes violonistes rêvait d'un poste au sein de cet orchestre prestigieux ! À Paris, si l'on disait (à l'époque, car maintenant les mentalités ont un peu évolué) que l'on rêvait d'entrer dans un orchestre, on n'était pas vraiment pris au sérieux. L'un de mes professeurs me dit même, à l'été 1992, alors que je lui annonçais que j'avais été reçu pour l'été dans l'Orchestre de jeunes de la Communauté européenne dirigé cet été-là par Carlo Maria Giulini et Mstislav Rostropovitch : « Ah. Eh bien, bonnes vacances alors. C'est sûr que tu ne vas pas beaucoup travailler ton violon. » C'était sans compter sur le fait que cet été 1992 allait conditionner ma vie entière de musicien. Assez vexé par cette réflexion, je partis pour une tournée d'un mois dans tous les grands festivals européens au sein de cet orchestre de jeunes qu'avait fondé le chef d'orchestre Claudio Abbado.

J'étais le plus jeune de l'orchestre et j'occupais une place au dernier pupitre des seconds violons. J'allais là-bas avec la soif de découvrir autre chose que les *Caprices* de Paganini et des concertos. Nous avions au programme la neuvième de Beethoven, le troisième concerto de Prokofiev avec la pianiste Martha Argerich et la onzième symphonie de Chostakovitch dirigée par M. Rostropovitch. Et encore le *War Requiem* de Britten. Lors d'un concert à Amsterdam, dans la sublime salle de Concertgebouw, que je découvrais, j'allais vivre un moment unique. Presque mystique. Nous jouions la neuvième symphonie de Beethoven quand tout à coup, au milieu du moment lent, j'eus l'impression de m'élever physiquement : je volais. Je regardais à cet instant même mon voisin de pupitre tout en continuant à jouer. C'était un mélange de paix totale, de sérénité, d'élévation. Un moment de grâce. Nous volions en musique.

Giulini a été le magicien de cet instant suspendu entre temps et musique. Il m'a permis de transcender les notes, pour n'être que dans la musique. En sortant de la scène, je demandai à mon voisin de pupitre : « Quand on s'est regardés, tu as aussi eu l'impression de décoller ? de t'envoler ? ». Il me dit avoir ressenti la même chose. Ce jour-là, à Amsterdam, j'avais vécu grâce à Giulini le premier grand choc musical de ma vie. Celui qui allait désormais conduire mon existence de musicien de manière radicalement différente de celle que j'avais pensé mener.

Avant Giulini et Beethoven, je voulais être violoniste. Désormais, je voulais être musicien avant tout. Et violoniste, bien évidemment. Mais musicien d'abord. Puis il y a eu Rostropovitch, Argerich : comment imaginer à seize ans que j'allais dix ans plus tard donner des dizaines de concerts avec celle qui est l'impératrice du piano contemporain et enregistrer plusieurs disques à ses côtés ?

Une anecdote me revient en mémoire. Dans un avion, entre deux concerts, me trouvant bien pâle, Slava, qui carburait déjà au champagne à 8 heures du matin, me dit : « Toi peur dans l'avion ? » Timidement, je répondis par l'affirmative. Ce à quoi Rostro répondit du tac au tac, me tapant dans le dos : « Si tu as peur de l'avion, toi pas avoir de carrière », le tout dans un immense éclat de rire. Jamais je n'ai oublié ces paroles. Et j'y repense parfois lorsqu'un vol est un peu turbulent. Quelle personnalité, ce Rostropovitch ! Quel musicien ! Je me souviens aussi des yeux de Martha Argerich, de l'intensité de son regard. Elle nous observait, nous, au fond, les seconds violons. Elle nous souriait. Elle semblait nous dire : « Vous êtes jeunes, vous êtes loin, au fond des seconds violons, mais je joue aussi avec vous. » Elle avait cette curiosité des autres, cette humanité chez une si grande artiste qui me fascina dès le début.

Ses concerts étaient explosifs. Tout le monde sait qu'elle interprète le troisième de Prokofiev comme personne. C'était hallucinant. En jouant avec elle, on recevait une décharge de 30 000 volts. C'était un torrent de musique qui se déversait sur nous. Autant Giulini m'avait entouré de ses bras en musique, autant Argerich m'avait électrisé par son jeu incandescent et fulgurant. Je rentrai de ce mois de tournée transformé, grandi, bouleversé.

J'avais eu la révélation de la musique. Certes, je n'avais pas travaillé six heures par jour mon instrument et je m'étais aussi beaucoup amusé. Mais, par cette expérience, j'avais pris conscience de l'essentiel. La musique se partage, se vit, se ressent. Et la technique est au service de la musique. Ce fut la grande leçon de cette année 1992.

Chapitre 5

Métamorphoses

Comment décrire l'amour que l'on peut éprouver pour un compositeur sans tomber dans des lieux communs ? Comment comprendre pourquoi les harmonies, les inflexions musicales, les phrases d'un compositeur vous parlent plus qu'à votre voisin ? J'ai découvert Richard Strauss à l'âge où l'on tombe amoureux pour la première fois – même si, comme le disait si bien Arthur Rimbaud, « on n'est pas sérieux quand on a dix-sept ans ». C'est à la même époque que je découvris Stefan Zweig. Ils sont depuis totalement associés dans mon imaginaire. Et sans me douter alors que Richard Strauss avait collaboré avec S. Zweig pour son opéra *La Femme silencieuse*, créé en 1935, l'un des quinze opéras de Strauss.

La première pièce que j'ai entendue de Strauss était une œuvre de la fin de sa vie : le double concertino pour clarinette, basson et orchestre. C'était lors de l'académie festival des Arcs, en 1988, j'avais douze ans, et j'ai encore la sensation physique que produisit cette musique en moi. Une sensation de douceur infinie, un sentiment d'apesanteur.

Cinq ans plus tard, alors étudiant au CNSM de Paris, j'étais devenu assidu de la médiathèque, qui possédait des trésors d'archives phonographiques et une grande collection de disques. Il y avait plusieurs studios, équipés de systèmes audio et vidéo dernier cri et à la pointe du son, où j'adorais m'enfermer pour découvrir de nouvelles œuvres. C'est dans ces studios ouatés de la médiathèque du CNSM de Paris que j'allais m'initier à la quasi-totalité des œuvres symphoniques de Richard Strauss. En vidéo, d'abord, avec les versions de Karajan et du Philharmonique de Berlin, puis en version audio. J'étais comme possédé par cette musique. C'est à cette époque que je découvris les *Métamorphoses*, œuvre écrite par Richard Strauss au crépuscule de sa vie, à la fin de la guerre en 1945, alors qu'il voyait l'Opéra de Munich détruit par les bombes.

Je l'écoutais chaque jour. Fasciné par cette œuvre testamentaire, au tournant d'une époque, je décidai de la programmer dans le cadre d'un concert au Conservatoire et demandai au directeur du CNSM de l'époque l'autorisation d'organiser cette aventure. Il me regarda, dubitatif, mais accepta. Fort de son « oui », je contactai par téléphone ou recrutai dans les couloirs du Conservatoire, les 23 autres compagnons qui allaient, comme moi, interpréter cette œuvre pour la première fois. Le seul enjeu était la curiosité et le plaisir de jouer ensemble cette œuvre extraordinaire.

Stéphane Denève, jeune étudiant en direction (il n'était pas encore le chef réputé qu'il est devenu aujourd'hui, mais un jeune élève comme nous tous), fut également mis à contribution pour nous diriger. Jamais je n'oublierai l'émotion qui m'étreignit ce matin-là. Après avoir confirmé à chacun des musiciens l'heure et le jour de cette fameuse première lecture, je découvris, en ouvrant la porte du grand studio d'orchestre, les 23 visages amis, prêts pour cette aventure que j'avais organisée pour le seul plaisir de la musique et de la découverte. Ce moment fut certainement le déclencheur inconscient de mon appétit pour l'organisation de festivals et la mise au point de programmes joués par moi ou – la plupart du temps – par d'autres. J'ai depuis joué et rejoué cette pièce plusieurs dizaines de fois, et l'émotion que je ressens en l'interprétant ne s'est jamais démentie, au point que cette œuvre semble être indissociable de mon développement musical et humain.

C'est à ce moment-là que je découvris aussi la sonate op. 18 et l'opéra *Capriccio*. Celui-ci deviendra mon opéra préféré. Et la fameuse scène de la Lune, l'une des musiques que j'ai le plus écoutée (et que j'ai fait transcrire pour violon et piano par mon ami Jérôme Ducros).

Lors d'une conversation avec le chef d'orchestre Philippe Jordan, il y a quelques années, alors que nous parlions de Richard Strauss, je lui demandai s'il avait l'intention de programmer *Capriccio* (il venait d'être nommé à l'Opéra de Paris). Je m'ouvris alors à lui et lui confiai l'un de mes rêves : celui de jouer dans la fosse, au sein de l'orchestre, cet opéra. Il accepta immédiatement, mais il fallut cependant demander l'autorisation à l'administration et aux musiciens de l'orchestre. Celle-ci arriva quelques jours plus tard, et je comptais les jours avant de pouvoir répéter et jouer cette œuvre avec eux. Nous étions convenus de deux répétitions et de deux représentations. Par bonheur, j'étais à Paris à ce moment-là. Je me préparais à ces répétitions comme si je devais jouer le concerto de Brahms en soliste avec l'orchestre. Je voulais être assez libéré de la partition pour pouvoir vivre ce moment exceptionnel en regardant aussi sur le plateau.

La mise en scène de Robert Carsen était de toute beauté. Le niveau des chanteurs était admirable. J'étais assis au dernier rang des premiers violons, au fond, pour être en mesure d'observer tout ce que je pouvais. Je revois le regard de Philippe Jordan, amusé de me sentir si heureux de jouer dans la fosse avec mes pairs. Je retrouvais dans cet excellent Orchestre de l'Opéra des anciens camarades du CNSM, des partenaires de musique de chambre, des amis. Grâce à eux et à leur générosité de m'avoir accueilli dans leur formation, j'ai vécu des moments de félicité. Encore une fois, je m'envolais grâce à Richard Strauss. De la même façon que lorsque j'étais le leader du GMJO, que dirigeait Claudio Abbado, j'avais eu l'immense honneur de jouer les *Quatre derniers lieder* et *Mort et transfiguration*, ainsi que *Zarathoustra* avec Ivan Fischer et enfin *Une Vie de héros* dirigé par Seiji Ozawa. À Tanglewood, nous jouions aussi le *Don Quichotte* avec Yo-Yo Ma et Yuri Bashmet. Pendant cinq ans, je me suis réellement immergé dans la musique de Richard Strauss.

Il y avait dans ces poèmes symphoniques la ferveur, la fougue, l'opulence sonore et la poésie que le très jeune homme que j'étais buvait à grandes rasades. Aujourd'hui, je joue sans relâche et avec toujours le même plaisir la sonate op. 18 – écrite si jeune, mais avec déjà en perspective l'éventail de toute son œuvre – et les *Métamorphoses* à chaque fois que je le peux. Je vais revenir à son concerto op. 8 que je jouais il y a près de vingt ans avec le grand chef Allemand Wolfgang Sawalisch, grand spécialiste de R. Strauss, et l'Orchestre de Paris. Strauss m'accompagne toujours, et je ressens sa musique avec respect et passion.

CHAPITRE 6

L'inconnue de Berlin

En mai 1994, je participais à une master class à Évian lors des rencontres musicales créées par Rostropovitch, et suivais les cours de Jaime Laredo. Ancien élève de Veda Reynolds, il était tout choisi pour devenir mon professeur, et, s'il m'acceptait dans sa classe à Philadelphie, je passerais ma scolarité à la rentrée 1995 avec lui au Curtis Institute (la même école où avait enseigné V. Reynolds). Suite à cette rencontre, je remplis le dossier d'inscription en vue de m'y présenter six mois plus tard.

En septembre 1994, l'orchestre de la CEE m'approcha pour un projet de quatre jours à Berlin : un concert avec Georges Prêtre. On y jouerait *La Valse* de Ravel et la deuxième symphonie de Brahms. Avide d'aventure, j'acceptai sans hésiter. C'était sans savoir que ce court séjour à Berlin allait changer radicalement le cours de mes projets aux États-Unis. À la fin du concert, un dîner était organisé dans notre hôtel. Nous étions très heureux de faire la fête tous ensemble : il faut imaginer un orchestre de jeunes de seize à vingt-cinq ans de plus de cent musiciens, et l'adrénaline d'après concert…

Au début du dîner, je remarquai une jeune femme blonde, charmante. Intrigué (elle ne jouait pas dans l'orchestre), je m'avançai timidement vers elle pour faire connaissance. Elle s'appelait Saskia. Violoniste, elle était hollandaise et rendait visite à un ami de l'orchestre, mais s'apprêtait à partir. Elle me salua poliment et rejoignit un taxi. Je ne connaissais pas cette jeune femme et je venais de lui parler moins de trois minutes. Pour quelle raison une force inconnue me fit alors courir, sortir de l'hôtel et arrêter son taxi, qui venait de démarrer (je me revois tapant la portière pour qu'il s'arrête) ? Je ne le saurai jamais. La jeune fille fut stupéfaite, et le taxi s'arrêta. Elle ouvrit la fenêtre, mi-étonnée, mi-inquiète, et je lui dis alors : « Je ne sais absolument pas pourquoi, mais vous devez rester avec moi. » J'étais tellement convaincu moi-même que je dus être convaincant… Elle me répondit alors le plus naturellement du monde, et avec un grand sourire : « Alors, avec plaisir. »

L'adrénaline retombée, je me retrouvai seul avec elle devant l'hôtel. Relativement désemparé, j'étais très embarrassé car j'étais un garçon timide et assez peu téméraire avec les filles. Revenant à moi, je l'invitai à ma table, où nous devions nous parler pendant tout le dîner sans discontinuer. Je n'avais d'yeux que pour elle. C'est au cours de cette longue discussion qu'elle me parla de son professeur, Thomas Brandis. Il enseignait à la HDK (Hochschule der Künste) de Berlin et avait été le violon solo d'Herbert von Karajan pendant vingt-cinq ans au sein de l'Orchestre philharmonique de Berlin. Elle m'en parla de telle façon que j'eus alors la conviction qu'il était LE professeur dont je rêvais pour les années à venir. Il n'y avait plus aucun doute pour moi : Thomas Brandis serait mon professeur à Berlin. Elle m'avait convaincu, sans même le savoir. Sa manière d'en parler, l'analyse de son enseignement, tout était logique.

Cette scène assez surréaliste aurait dû se terminer comme dans un film. Dans un scénario classique, nous aurions dû nous embrasser et vivre, qui sait, une aventure ou une brève histoire. Pourtant, rien de tout cela ne se passa. Elle reprit un taxi, nous échangeâmes nos numéros de téléphone. Mais, surtout, elle organisa une rencontre avec Brandis. Celle-ci eut lieu à Berlin au mois de janvier 1995. J'étais venu le rencontrer et jouer pour lui, et ce moment fut des plus agréables. Sa salle de classe était située dans une annexe de la Hochschule der Künste de Berlin, Fasanenstrasse, à une vingtaine de minutes de l'aéroport de Tegel.

Brandis était un homme rond, aux cheveux gris, frisés, de taille moyenne et l'air jovial. Il était une personnalité éminemment respectée à Berlin et adoré des grands chefs d'orchestre, avec qui il avait joué vingt ans durant comme violon solo du Philharmonique de Berlin. Notre entente fut immédiate.

Je revins donc en mai pour passer l'examen d'entrée et fus reçu dans sa classe pour effectuer pendant deux ans un « Konzertexam », l'équivalent du troisième cycle de notre Conservatoire à Paris. Il me fallait désormais organiser la rentrée, trouver un logement et surtout apprendre l'allemand. Inutile de préciser que je ne parlais pas un mot de cette langue réputée difficile. J'avais pris l'anglais en première langue, et le russe en seconde langue dès la quatrième. Mon vocabulaire d'allemand se limitait donc à « Ja » et « Nein » ! Mais Berlin s'ouvrait à moi, et j'étais si heureux à l'idée de m'initier à un autre « monde musical » que celui que j'avais découvert à Paris.

Ce soir-là, sans le savoir, cette jeune fille avait changé ma destinée. Grâce à elle, j'allais vivre des années exceptionnelles à Berlin et rencontrer Claudio Abbado, Daniel Barenboïm, Daniel

Harding… C'est à Berlin que je fis véritablement ma mue. Ce soir-là, un petit miracle avait eu lieu sans que je m'en aperçoive. J'avais couru après ce taxi comme on court après son destin. Je n'ai jamais revu cette jeune femme, mais je sais qu'elle a été ce soir-là un ange sur mon chemin.

CHAPITRE 7

Tout près des étoiles

Courant 1995, j'avais lu dans un magazine musical l'annonce de la création d'un nouveau festival en Suisse. C'était le festival de Verbier. La première édition avait eu lieu en 1994, et les artistes invités étaient prestigieux. Le programme de 1995 annonçait la venue d'artistes exceptionnels, dont celle du grand Isaac Stern.

J'avais gardé en mémoire ce merveilleux concert de 1988 au festival de Montreux (dans la salle de la Fondation Gianadda). Stern avait joué la sonate de Dvorak, la première de Brahms et la première de Bartók ainsi que le *Rondo* de Schubert. Je me souviens encore du dîner d'après concert où M. Gianadda avait invité, dans un élan de générosité, tout le public à dîner autour du grand Stern, qui m'avait signé un autographe. La photographe F. Vauthey avait même pris des photos de Stern et moi, mais je n'ai jamais vu ces clichés. J'avais douze ans, et Stern était le premier immense violoniste que je rencontrais personnellement.

Quelques mois auparavant, j'allais manquer, de façon stupide, un concerto de Brahms par Henryk Szeryng. Il le jouait à Grenoble, à une heure à peine de Chambéry, mais, comme j'avais un contrôle de maths le lendemain, mes parents me demandèrent alors de rester à la maison. Ce ne serait pas « raisonnable » de se coucher tard la veille d'un tel devoir de mathématiques. J'aurais l'occasion de l'entendre une autre fois, ce Henryk Szeryng, me disaient-ils. Mais voilà, Szeryng devait succomber à une crise cardiaque deux semaines après le concert de Grenoble... Et j'avais manqué la seule occasion d'entendre ce grand violoniste. Mes parents s'en souviennent aussi... J'étais fou de rage. Et si triste.

Intrigué par la venue de Stern dans ce nouveau festival, je m'empressai de savoir quand il serait présent. Il donnerait une master class. La première qu'il donnait en Europe, c'était une chance inouïe. Je remplis immédiatement – après les avoir reçus par la poste, Internet n'en était qu'à ses balbutiements à l'époque – les formulaires, enregistrant la bande-son nécessaire pour y être sélectionné et attendis la réponse avec une anxiété et une fébrilité totales. Celle-ci se fit attendre, mais je reçus finalement la confirmation de mon acceptation pour travailler avec le maître Isaac Stern.

Nous étions dix violonistes sélectionnés à travers toute l'Europe. Arrivé à Verbier en pleine nuit et sous une pluie battante, je fus accueilli par une nouvelle qui me mit une pression toute particulière. Il était prévu que la première semaine soit un temps de travail « préparatoire » avec son assistant Yong-Uck Kim, les leçons avec Stern commençant lors de la deuxième semaine. Finalement, en sortant de la voiture, à 23 h 30, on m'annonça qu'Isaac Stern, déjà arrivé à Verbier, souhaitait nous auditionner dès 9 heures le lendemain matin. Décharge d'adrénaline et travail jusqu'à 2 h 30 du matin. La famille d'accueil qui m'hébergeait pour la première nuit a dû apprécier…

Les souvenirs de ces moments qui précèdent l'arrivée de Stern sont encore très vivaces dans mon esprit. Nous étions tous groupés devant le cinéma de Verbier, où allait avoir lieu la « master class » (c'est-à-dire des cours publics), les yeux encore gonflés de sommeil et très pâles. Certainement un mélange de trac et de fatigue. Puis on nous fit entrer dans la salle de cinéma et on nous demanda d'attendre que le maître arrive. Nous pouvions, si nous le souhaitions, sortir nos instruments et nous chauffer. Ce furent alors dix violonistes qui empoignèrent leurs violons, jouant, s'accordant dans une étonnante cacophonie. L'anxiété se lisait sur nos visages. Puis quelqu'un dit : « Il arrive. » Un silence glacial s'empara alors du premier étage de ce cinéma.

Nos yeux se posèrent sur ce petit homme aux cheveux gris. Le grand violoniste Isaac Stern était devant nous. Il nous regarda un à un. Puis il dit d'une voix forte, en anglais : « Who wants to begin ? » Le silence qui succéda à cette question me parut durer une éternité. Un moment pesant, rempli d'anxiété. Je dis alors : « OK, I will play. » Ce qui déclencha une cascade de « me too » et l'ordre s'établit rapidement. Je jouai donc le concerto de Sibelius pour Stern. Il y avait aussi le directeur du festival, Martin Engström. Après quelques minutes, Stern m'arrêta et me demanda de quel instrument je jouais. C'était un violon français fait à Paris, un Castagneri de 1735, d'une valeur assez modeste mais doté d'une sonorité chaleureuse et dense à la fois. Stern écouta chacun des dix violonistes, puis nous donna rendez-vous la semaine suivante. Nous avions passé la première épreuve. Le plus dur restait à venir. La semaine suivante, les cours étaient suivis par plus de trois cents personnes.

Nous voilà, tous les dix, au premier rang du cinéma. Et Stern nous demande, un par un, la raison pour laquelle nous avons voulu participer à sa master class. Les trois premiers s'égarèrent en compliments et autres phrases maladroites devant le grand violoniste, et l'exercice se transforma peu à peu en une séance de cirage de pompes. Stern sourit et nous dit soudain : « J'ai bien compris, à vous entendre, que j'étais le plus grand, le plus beau et le plus fort de tous les violonistes de la terre. Maintenant, dites-moi vraiment pourquoi vous êtes là. » Chacun essaya d'être sincère. J'étais bien évidemment trop jeune pour comprendre, à l'époque, qu'avec cette mini-interview, Stern allait déjà nous connaître bien mieux que nous ne nous connaissions nous-mêmes. Par ces quelques mots, il sondait notre timidité, nos nerfs, notre intelligence, notre ego. Quand arriva mon tour – j'étais le numéro sept, je crois –, tout ou presque avait été dit. Je me lançai : « Je m'appelle Renaud Capuçon. » Il m'interrompit et me dit : « Ah. C'est vous qui jouez le double concerto de Brahms, n'est-ce pas ? » Je répondis par l'affirmative et n'eus plus à parler. Désemparé, je me demandais bien pourquoi je n'avais pas eu à m'expliquer comme les autres, mais être identifié par Stern comme « celui qui avait proposé le double de Brahms » avait suffi à me sauver.

Nous avions tous dans nos doigts un répertoire exigeant mêlant plusieurs concertos, sonates et autres pièces de Bach ou Ysaÿe pour violon seul. Le simple fait que j'aie proposé dans le répertoire le double concerto de Brahms montrait mon goût du partage et de l'amour de la musique de chambre, ce qui avait suffi à Stern pour comprendre qui j'étais. Et quelle était ma personnalité.

Stern décidait chaque fois qui jouait. Nous devions être présents à chaque cours et nous ne savions jamais quand nous serions appelés à jouer. Le tout en public, devant trois cents personnes. Il testait ainsi nos capacités à être prêts à tout moment et à mettre nos nerfs en péril.

Cette semaine auprès de lui fut l'une des plus passionnantes de ma vie. Stern était clairement une autorité musicale respectée et crainte en même temps. Tous les conseils qu'il m'a donnés me servent encore aujourd'hui. Il me parla notamment de mon vibrato qu'il trouvait trop tendu. Il insista aussi sur ma sonorité et sur la division de l'archet. J'avais tendance à jouer chaque note avec toute la longueur de l'archet. Il insista aussi sur les différentes vitesses d'archet en fonction de l'agogique de la phrase musicale. Quelle leçon !

Et quand, au dernier jour, je lui demandai timidement une lettre de recommandation pour m'aider à trouver un mécène en vue d'acquérir un nouveau violon, il répondit par l'affirmative. Je reçus par la poste la lettre de Stern :

Verbier, 31 juillet 1995

The young violonist Renaud Capuçon has taken part in an intensive 5 days of musical encounters here in Verbier.

He is certainly a most gifted young man with excellent technical command of his instrument and with very musical instincts. I am sure he can look forward to a richly satisfying career. He truly merits every support that can help him realize his full potential and reach his goals.

Isaac Stern

Il avait tenu promesse.

Des années plus tard, Martin Engström me confirmera que Stern avait eu dix demandes de lettres et n'en n'avait écrit qu'une seule. Pour moi. Il avait aussi demandé à Engström de m'inviter pour un récital l'année suivante. Engström tint sa promesse à Stern, et c'est ainsi que Verbier devint le festival où j'allais me rendre chaque été pendant plus de vingt ans.

Dix années plus tard, en 2005, lorsque je tiendrais entre mes mains le Guarnerius, le Vicomte de Panette de 1737, violon qu'Isaac Stern joua pendant près de cinquante ans, je repenserais à cette lettre avec gratitude. Isaac Stern est décédé quelques jours après le 11 septembre 2001. J'aurais tellement aimé pouvoir partager avec lui la joie de jouer son instrument. Il reste pour moi l'un des plus grands violonistes du XXe siècle, et, en cette année 2020 qui célèbre son 100e anniversaire, je ne peux m'empêcher de penser à lui avec une vive émotion.

Chapitre 8

« Appelle-moi Claudio »

À la fin de l'été 1995, je passai quelques jours dans le sud du Portugal, chez la pianiste Maria João Pires. C'est son compagnon Augustin Dumay qui m'avait invité quelques jours pour travailler avec lui et passer du temps ensemble. Augustin Dumay a été d'une grande générosité à mon égard. Et sa sonorité – découverte aux Arcs lorsque j'avais sept ans – est pour moi l'une des plus soyeuses qui soient. Il avait travaillé avec Arthur Grumiaux et Nathan Milstein et représente l'école franco-belge de violon. Un soir, je racontai à mes amis mon départ imminent pour Berlin afin d'y travailler avec Thomas Brandis.

Maria João Pires se proposa alors de téléphoner à son ami Claudio pour lui demander s'il connaissait quelqu'un pour m'accueillir. Grâce à elle, j'allais habiter à Berlin chez une amie italienne de ce Claudio, qui était en fait le grand chef italien Claudio Abbado, et chef du Philharmonique de

Berlin. Leur appartement dans le Zehlendorf avait une chambre d'amis, et j'y étais le bienvenu. Ce séjour à Berlin débutait comme un conte de fées. Mes hôtes, Francesca et Thorsten (qui dirigeait alors le Festival de théâtre à Berlin), devinrent mes amis, et leur bibliothèque – forte de centaines d'ouvrages de théâtre en français – stimulait mon envie de lecture. À chaque fois que je le pouvais, je choisissais un Sartre, un Camus, etc. Grâce à eux, et à leur grande culture, j'accédais à un monde inconnu pour moi, celui du théâtre. Ariane Mnouchkine, Patrice Chéreau étaient leurs amis, et les discussions à table étaient vives, politiques, polémiques bien sûr ! C'était passionnant et merveilleux.

C'est ainsi que je rencontrai Claudio Abbado. Un jour où j'étais seul à la maison, le téléphone sonna. Au bout du fil, j'entendis une voix douce : « Ciao, sono Claudio. » C'était Claudio Abbado. Intimidé, je répondis en disant que Francesca n'était pas là et que je pouvais prendre un message. Il savait apparemment qui j'étais et me demanda de venir le rencontrer après l'un de ses concerts. Je raccrochai le téléphone, fou de joie.

Quelques jours plus tard, je reçus un autre appel. Cette fois-ci, la voix en allemand demandait à me parler. C'était l'un des musiciens du Philharmonique de Berlin. Il me proposait de jouer au sein de l'orchestre en tant que musicien remplaçant. Totalement abasourdi, je répondis du tac au tac : « Avec plaisir, mais je ne peux pas payer. » Dieu seul sait pourquoi je répondis cette phrase aussi stupide. Certainement parce que, dans mon esprit, le Philharmonique de Berlin était inaccessible. Pris d'un éclat de rire, mon interlocuteur me répondit : « Mais c'est nous qui allons vous payer. » C'est ainsi que j'eus le privilège de jouer sous la direction d'Abbado et de Seiji Ozawa pour quelques soirs au sein de cet orchestre mythique. J'étais follement impressionné et fier en même temps.

Thomas Brandis

Mes cours avec Brandis étaient passionnants. Outre ses activités de violon solo de Karajan pendant vingt ans, il avait créé le Brandis Quartet, et sa culture musicale était immense. Notre premier cours était consacré au magistral concerto de Brahms op. 77. Avec ceux de Beethoven, Mendelssohn et Tchaïkovski, le concerto de Brahms est l'un des plus exigeants du répertoire de violon. Fort de mon travail à Paris avec Gérard Poulet, j'en donnai une version propre mais sans relief. Brandis me questionna sur les entrées des différents instruments de l'orchestre, sur des questions ayant à voir avec les détails de la partition… Voyant mon désarroi, il me demanda si j'avais avec moi le « score », la partition d'orchestre comprenant toutes les parties.

Abasourdi par ma réponse négative, mon nouveau prof me remercia assez sèchement en me disant de l'étudier à fond et de revenir la semaine d'après. Il ajouta tout net qu'il me parlerait encore en anglais pendant un mois puis passerait à l'allemand. Il ne me laissait pas le choix : j'allais devoir très vite apprendre à parler allemand. Dès le lendemain, j'étais inscrit au Goethe-Institut où j'appris tant bien que mal quelques rudiments de la langue allemande. Mes deux années à Berlin furent des années d'apprentissage intensif. En outre, j'adorais aller acheter *Le Monde* sur le Kurfürstendamm et fumer des gauloises sans filtre – moi qui n'avais jamais fumé de ma vie. Deux fois par semaine, j'allais écouter à la Philharmonie le mythique Orchestre philharmonique de Berlin. Comment oublier la troisième et la neuvième de Mahler dirigées par Abbado, la *Symphonie des Psaumes* par Boulez et la *Symphonie alpestre* de Strauss dirigée par Ozawa ?

L'assistant d'Abbado cette année-là était un jeune homme anglais de mon âge qui se prénommait Daniel. Avec toute une bande de jeunes de l'académie Karajan, nous étions très souvent ensemble et assistions aux concerts, une grande camaraderie naquit dans les murs de la Philharmonie. Ce jeune Daniel n'était autre que Daniel Harding, qui deviendrait le grand chef que l'on connaît aujourd'hui. Plus de dix ans plus tard, il prononça un discours de témoin à mon mariage comme seuls les Anglais savent le faire. Ils ont vraiment un humour hors normes. Et Daniel est l'un des esprits les plus affûtés que je connaisse. Nous nous sommes toujours suivis de loin ou de près, et, si sa carrière le mène aux quatre coins du monde, nous nous revoyons toujours sur scène ou autour d'un dîner avec le même plaisir de copains d'avant. Passionnés d'aviation tous deux et rêvant d'être pilotes un jour, nous nous sommes dit, après un dîner bien arrosé, que nous allions relever ce défi. Le lendemain, je commandai le manuel de pilotage. Il est toujours sur ma table de nuit. Daniel, lui, pilote des Airbus A320 et sera dès l'année prochaine pilote de ligne Air France. Respect, maestro. C'est aussi à Berlin que je devais fumer mon premier cigare. C'est à Claudio Abbado que je le dois, et nous allions souvent partager ensemble un havane.

Quelques mois plus tard, en plein été, un fax me demanda de venir à Berlin pour auditionner devant Claudio Abbado. Je le rejoignis rapidement et jouai pour lui le *Tzigane* de Ravel et la sonate *Le Printemps* de Beethoven. C'est ainsi qu'à sa demande je devins violon solo de l'orchestre de jeunes Gustav Mahler. Il avait été créé par Claudio Abbado en 1991. Si l'orchestre des jeunes de la CEE regroupait depuis 1978 des jeunes de la CEE, celui du GMJO avait été créé pour les musiciens de l'Europe de l'Est après la chute du mur de Berlin. C'est aujourd'hui encore l'un des meilleurs orchestres du monde. Une nouvelle aventure commençait.

Je me souviens des commentaires de certains collègues français me disant : « Ah, tu deviens violon solo. Tu abandonnes une carrière de soliste ? Quel dommage. » Je n'abandonnais rien. Mais, avide d'apprendre, je me lançais dans cette aventure avec passion. Je n'allais pas être déçu.

CHAPITRE 9

Un havane à Cuba

Les grands chefs ont cette capacité, par leur présence, leurs gestes et leur charisme, de transcender les musiciens. Au contact de ceux-ci, pendant trois années au sein du GMJO, j'ai appris à respirer, à être le leader de toute une section, la courroie de transmission entre le chef et les cent vingt musiciens de l'orchestre.

Ce répertoire était nouveau pour moi : les grands Strauss, Mahler, Stravinsky, la cinquième de Chostakovitch. Ces semaines à travailler ensemble, ces concerts au Musikverein de Vienne, au festival de Salzbourg et au Concertgebouw d'Amsterdam m'ont permis de combler un vide musical majeur dans ma formation de violoniste.

Trop souvent, les « solistes » (ceux qui jouent des concertos et parcourent le monde) n'ont pas eu la chance de vivre auparavant cette immersion en orchestre. Pour moi, elle a été un déclencheur capital.

Lors d'un concert avec Claudio Abbado où nous donnions les quatre derniers *lieder* de Strauss, avec Soile Isokoski en soliste, j'eus le sentiment que son bras gauche téléguidait mon bras droit. Je m'explique. Dans le troisième des *lieder* de Strauss, *Beim Schlafengehen*, écrit sur les bords du lac Léman à Montreux, le violon solo donne la réplique à la voix dans un solo d'une grande sensualité, d'une immense beauté. Les gestes d'Abbado, sa façon de sculpter le son avec son bras gauche semblait entraîner mon bras droit dans une totale fluidité. Une grande douceur, une onctuosité même. Il n'y avait besoin ni de mots ni d'explication. Simplement le geste du chef qui transcende le jeu d'un musicien.

Dans la septième symphonie de Mahler, que nous jouions en 1999 partout en Europe et aussi au festival de Tanglewood aux États-Unis et à Cuba, Abbado semblait nous emmener par la main dans son univers. Il menait et portait avec lui quelque cent vingt musiciens. C'était prodigieux, exaltant, enivrant. Imaginez une centaine de jeunes réunis, motivés et au top de leurs capacités, tout donner pour la musique, guidés par un chef comme Abbado : le résultat était unique.

À Tanglewood, nous avons vécu des moments incroyables : Seiji Ozawa, qui dirigeait l'Orchestre de Boston (en résidence à Tanglewood), écoutait les répétitions de son ami Abbado. Notre orchestre fut associé à celui des jeunes de Tanglewood, et ensemble nous allions donner le *Don Quichotte* de Richard Strauss avec Yo-Yo Ma et Yuri Bashmet sous la direction d'Ozawa.

Un matin, avant une répétition, je décidai, enthousiaste, de faire une partie de tennis. Une heure après, j'étais incapable de maîtriser mon archet, et celui-ci tremblait lorsque je donnai le *la* à l'orchestre devant un Ozawa hilare ! Cela me servit de leçon, et désormais, le tennis, c'est seulement en vacances !

Puis ce fut le voyage à Cuba. Abbado avait toujours rêvé d'y aller, et c'est avec nous qu'il y donna son premier concert. À l'invitation à dîner que lui fit Fidel Castro, Abbado répondit qu'il souhaiterait que tout l'orchestre fût également convié. C'est ainsi qu'après une septième symphonie de Mahler en apnée, nous gravîmes tous ensemble les marches du palais présidentiel où Fidel Castro nous attendait pour une réception mémorable. Découvrir La Havane en 1999 fut une expérience incroyable. Les couleurs de ces bâtiments de style colonial des années 1950 qui n'avaient pas bougé, des visages lumineux, des gens joyeux… Récemment, j'ai effectué deux voyages à La Havane pour des concerts et des master classes. J'aime profondément ce pays. Avec le recul, je ne sais plus trop quoi penser de cette rencontre avec ce personnage si controversé et paradoxal. Mais, du haut de mes vingt-trois ans, cette soirée semblait hors du temps. Fidel Castro était là, devant nous, à nous parler. Il distribua à tous ceux qui en fumaient des cigares cubains de sa réserve personnelle. Je revois ce palais, cette salle immense où nous étions tous invités. Ses gardes du corps, très tendus au début, nous autorisèrent ensuite à prendre des photos en compagnie de Castro.

Avant Cuba, il y avait eu un concert à Caracas, où José Antonio Abreu, père fondateur de « El Sistema », nous présenta un jeune violoniste et chef d'orchestre de dix-huit ans : Gustavo Dudamel. Il n'était pas encore la star qu'il est devenu, mais un jeune homme doué dirigeant les orchestres de ce système (qui a influencé bien des pays depuis).

Lors de ma dernière tournée avec l'orchestre, je jouai sous la direction d'Ozawa la *Vie d'un héros* de Richard Strauss. Une occasion unique, pour le jeune apprenti que j'étais, de faire sonner ce solo – l'un des plus exposés de tout le répertoire – dans des salles comme le Musikverein de Vienne ou le festival de Salzbourg. Mes débuts qui suivirent, en tant que soliste, dans ces salles en furent d'autant plus agréables que j'en connaissais déjà les arcanes.

Devenu à mon tour professeur, je ne cesse d'encourager mes élèves à postuler pour ce merveilleux orchestre de jeunes[1] créé par Abbado. L'une de mes élèves, Raphaëlle Moreau, est devenue à son tour, exactement vingt ans après moi, la violon solo de ce fabuleux orchestre. Elle apprend les joies de la musique symphonique et comment transmettre, par la posture de son corps, les aspirations du chef d'orchestre. Deux autres de mes élèves ont également été admis, et les progrès qu'ils ont accomplis à leur retour m'ont confirmé les bienfaits de ces « bains » en orchestre de jeunes. De ces deux formations allaient naître deux des meilleurs orchestres de chambre au monde : l'Orchestre de chambre d'Europe et le Mahler Chamber Orchestra.

Durant ces trois années d'apprentissage comme « konzertmeister » (violon solo) de ce merveilleux ensemble, j'eus la chance de jouer la cinquième de Chostakovitch avec Semyon Bychkov – qui fut l'un des tout premiers chefs à me faire confiance en tant que soliste, et grâce auquel je rencontrai les fantastiques sœurs Katia et Marielle Labèque,

1. La France possède aussi un très bel orchestre de jeunes : l'OFJ, et j'encourage tous les musiciens qui en ont l'occasion de se présenter à jouer dans ces ensembles prestigieux.

Ivan Fischer, avec qui je joue très régulièrement en soliste depuis, Franz Welser-Möst, avec qui je découvris la sixième de Mahler, Kent Nagano, qui dirigea un superbe *Petrouchka* de Stravinsky, ou encore Daniele Gatti, qui était encore un chef au début de sa carrière.

CHAPITRE 10

L'appel de Chicago

C'est en 1996 que je rencontrai Daniel Barem-boïm à Berlin. Thomas Brandis, après un de nos cours hebdomadaires, me fit part de la demande du grand musicien. Daniel Barenboïm cherchait un violon solo pour son orchestre de Chicago, et Brandis lui conseilla de m'auditionner. Une date fut prise pour l'audition avec Daniel Barenboïm.

Le jour J, je me présentai au Staatsoper de Berlin et commençai à me chauffer dans une grande salle de répétition quand Daniel Barenboïm entra d'un pas alerte. Celui des hommes d'action qui ont mille choses à faire et pas de temps à perdre. Après m'avoir salué, il me demanda ce que je lui présentais : j'avais le concerto de Beethoven et le *Tzigane* de Ravel. C'est bien entendu le Beethoven qu'il voulut entendre.

Le concerto de Beethoven est l'un des plus redoutés par les violonistes, car il n'y a aucune possibilité de « tricher ». Dès les premières notes (ce sont des octaves brisées), le violoniste est à découvert, et ce pendant toute la durée du concerto. C'est une œuvre d'une grande pureté. L'intonation y est particulièrement exposée. Après que j'eus joué le premier solo (l'équivalent de trois pages environ) plutôt pas mal (je dois dire), Barenboïm m'arrêta et me dit dans un français parfait : « Pourriez-vous recommencer au début, s'il vous plaît ? » Surpris, je repris depuis le début, un peu paranoïaque je l'avoue, me demandant bien pourquoi il voulait m'entendre à nouveau. M'arrêtant au même endroit, il me dit en souriant : « Comme vous aviez joué si bien au début, je voulais m'assurer que ce n'était pas dû au hasard. » Puis, éclatant de rire, il se leva, m'offrit une accolade, et le géant distant que j'imaginais se transforma en un être des plus chaleureux. Il souhaitait que je sois son candidat au poste de violon solo de l'Orchestre symphonique de Chicago, dont il était le directeur musical. Sa secrétaire allait m'appeler pour tout organiser. L'audition aurait lieu dans deux mois, j'avais le temps de me préparer. J'accéderais directement en finale, comme c'était l'usage, en tant qu'invité du maestro, mais je devrais passer une audition devant le comité artistique de l'orchestre.

Quelque temps après, son épouse Elena Bashkirova, qui venait de créer le festival de Jérusalem, m'invita à venir m'y produire sur les recommandations de son mari. J'allais bientôt y jouer avec Yefim Bronfman, Boris Pergamenchtchikov et tant d'autres artistes de tout premier ordre. Pendant ces deux années à Berlin, Abbado et Barenboïm m'ouvrirent deux familles de musiciens. L'aventure à Chicago fut plus courte que prévu : je jouai pour la commission de l'Orchestre à Chicago, mais, me trouvant trop jeune, ils ne sélectionnèrent personne.

L'année suivante, Daniel Barenboïm me demanda à nouveau de le suivre à Chicago : j'étais déjà plus réservé sur la perspective de partir aux États-Unis si jamais j'avais été nommé. Mais cette fois-ci, j'avais un an de plus et, si je jouais bien, personne ne pourrait s'opposer à ma nomination, m'avait dit Barenboïm. Le destin devait en décider autrement. Je jouai le concerto de Brahms que j'avais travaillé avec Barenboïm lui-même puis les traits d'orchestre : les grands solos du répertoire de violon solo d'orchestre. Et là, au moment d'ouvrir le classeur rempli des solos proposés à l'avance pour les candidats, je ne reconnus aucun de ceux que j'avais préparés !

On m'avait confirmé qu'il s'agirait de la même liste que celle de l'année précédente : or ce n'était pas du tout le cas. Désespéré, je tournai les pages en vain : aucun des solos que je devais jouer n'était sur ma liste. Impatient et agacé par mon silence, le maestro finit par me dire en français : « Mais alors, qu'est-ce que tu attends pour jouer ? » Je lui expliquai alors la situation. Je le vois encore parler avec les membres de la commission, tâchant de leur expliquer. Il me dit alors froidement : « Eh bien, tu n'as qu'à déchiffrer. »

Imaginez-vous face à l'un des plus grands musiciens du monde et aux solistes de l'Orchestre de Chicago, en train de déchiffrer des solos de symphonies de Brahms, Mahler ou Strauss, que vous n'avez jamais vus auparavant. J'essayai puis m'arrêtai immédiatement. C'était cuit. Il y avait eu une erreur dans la liste que l'on m'avait donnée. Cette année-là encore, personne ne fut pris pour la position de violon solo de l'Orchestre symphonique de Chicago.

Quelques mois plus tard, Barenboïm me proposa de me présenter à nouveau, cette fois serait la bonne : c'était très valorisant de savoir qu'il souhaitait vraiment travailler avec moi au sein de ce magnifique orchestre. Mais je déclinai cette proposition et ne pris pas part à l'audition.

Récemment, je jouai le concerto de Brahms avec ce même Orchestre de Chicago et Semyon Bychkov. Après la répétition, l'un des musiciens qui était dans la commission de 1996 se souvint de moi, ce fut très chaleureux. En interprétant le concerto de Brahms cette année à Chicago, j'essayai d'imaginer ce qu'aurait été ma vie si la liste des traits d'orchestre avait été la bonne et que le jury m'avait retenu. Quelle aurait été ma vie là-bas, en Amérique ? C'était la dernière fois que le destin me faisait rester en Europe. La première fois, c'était cette jeune femme inconnue que je poursuivais et qui m'orientait vers Brandis à Berlin. La seconde, c'était un comité d'orchestre qui préférait renoncer à un très jeune Français, contre l'avis de leur chef. Par deux fois, mon destin semblait me faire rester dans notre bonne vieille Europe.

Chapitre 11

Les années Bel-Air

À tout juste vingt ans, alors que j'allais terminer mon cycle de deux ans à Berlin, j'anticipais mon retour en France avec anxiété. J'avais gardé des amitiés parisiennes, et je commençais à donner quelques concerts, mais ils n'étaient pas très nombreux. J'avais tissé des liens avec les familles Scapolan et Chalmin à Chambéry, et avec mes parents nous avions imaginé un week-end de musique de chambre en mai 1996. Le principe en était simple : réunir autour de moi une petite dizaine de musiciens pour trois jours et jouer les plus belles pages de la musique de chambre. Les cachets étaient des cachets… d'aspirine et la bonne humeur et l'enthousiasme de tous, musiciens et organisateurs, tous bénévoles donc, nous permettaient de passer de bons moments. Sans le savoir, je venais de créer mon premier festival.

Voulant au départ retrouver à mon retour de Berlin des amis français pour faire de la musique, j'étais en train de créer avec les trois familles Scapolan, Chalmin et mes parents, une véritable utopie musicale.

Pendant quinze ans, les musiciens les plus variés prirent leurs quartiers en Savoie une fois par an et, si j'ai décidé de clôturer cette aventure en 2010 – l'année de la naissance de mon fils Eliott –, c'est qu'elle avait pris tellement d'ampleur qu'elle dépassait notre vision de départ. Ce furent quinze années de bonheur total, de programmes de concerts incroyables, inspirés par le festival de Lockenhaus de Kremer, mes souvenirs des Arcs et mes envies personnelles. Tous mes amis musiciens rencontrés à Berlin, Vienne, Londres et Paris étaient invités pour ces aventures savoyardes. D'un week-end, nous allions rapidement étendre les « Rencontres de musique de chambre de Bel-Air » sur quatre jours, puis sur une semaine. Les dernières années, la salle de l'Espace Malraux et ses 1 000 places était trop petite pour accueillir tout le monde. Nous y donnions trois concerts par jour.

Je me souviens de cette soirée de 2003 où Daniel Barenboïm, accompagnant en visiteur sa femme et son fils qui jouaient à Bel-Air, avait décidé de tourner les pages. Et de la réaction spontanée d'une partie du public, l'ayant reconnu, qui faillit faire une crise d'apoplexie, et de l'autre moitié qui n'avait aucune idée de qui était ce « tourneur de pages ». Ce fut aussi Maxim Vengerov venant remplacer au pied levé une violoniste annulée au dernier moment et Martha Argerich jouant un mémorable trio de Chostakovitch. Daniel Harding, Charles Dutoit, Daniel Barenboïm visitant notre festival par amitié. Les jeunes violonistes Vilde Frang, Alina Ibraginova, Veronika Eberle, que seuls les initiés connaissaient alors, firent leur premier concert en France à Bel-Air. Et puis toute une horde de fidèles. C'est à Bel-Air que mon frère Gautier, remplaçant un de ses collègues français ayant déclaré forfait le matin même du festival, fit ses premiers pas en notre compagnie. Il était encore au Conservatoire de Paris dans la classe de Philippe Muller et fut immédiatement accueilli chaleureusement par tous mes amis musiciens.

Quelques mois auparavant, je l'avais invité pour un concert au festival d'Annecy et lui avais demandé d'apprendre pour l'occasion le duo de Ravel pour violon et violoncelle. Pièce redoutable pour les deux instruments ! Je lui avais lancé ce défi, sachant qu'il le relèverait sans peine. Non seulement il l'avait fort bien préparé, mais notre entente musicale fut immédiate et incroyable. Ce concert d'été fut l'un des premiers d'une très longue série qui nous emmènerait aux quatre coins du monde.

Par la suite, alors que je venais de signer un contrat d'exclusivité avec la maison de disques Virgin Classics/Emi (devenue aujourd'hui Erato/Warner), j'enregistrai mon premier disque avec mon ami de Berlin Daniel Harding. Il était à la tête de la Deutsche Kammerphilharmonie de Brême, mon choix était donc fait : je voulais enregistrer un disque consacré à des pièces de musique française avec lui. Nous étions deux gamins, et cet enregistrement fut un moment hors du temps. Entre deux séances, nous plongions dans la piscine du Park Hotel de Brême, où nous partagions entre les séances d'enregistrement de grands moments de rigolades.

Pour mon deuxième enregistrement, je souhaitais graver l'intégrale de l'œuvre de Ravel pour violon : les sonates violon-piano, le duo violon-cello et le trio – sans doute les plus belles pages du répertoire de la musique de chambre française. Pour ce faire, je soumis mon idée à Alain Lanceron, président de ma maison de disques. Je lui parlai du talent de mon frère avec des trémolos dans la voix, lui disant à quel point Gautier avait magnifiquement bien joué le duo de Ravel (nous l'avions interprété quelques fois depuis). Alain était un peu sceptique sur son âge et sur son expérience – il était encore au Conservatoire –, puis il me demanda si nous avions déjà joué le trio. Je dois avouer – et je me suis confié à lui il y a quelques années à ce sujet – que j'ai menti joyeusement à ce moment-là. L'un des plus gros mensonges de ma vie, mais aussi des plus beaux. Je lui ai dit que nous avions joué ce trio plusieurs fois et qu'il y était génial. La vérité était tout autre : Gautier n'avait jamais même déchiffré le trio de Ravel, pièce difficile et complexe du compositeur. Mais je n'avais aucun doute sur sa capacité à dompter l'œuvre.

Suite à mon propos rassurant, nous avons fixé une date d'enregistrement. Entre-temps, nous avons travaillé ce trio avec Frank Braley et Gautier, et l'avons enregistré après l'avoir toutefois rodé une fois en concert chez des amis de Chambéry. Quelques mois plus tard, je demandai à mon agent Jacques Thelen de travailler également pour mon frère. Ce ne fut pas très difficile de le convaincre. Gautier était très doué et travailleur acharné. Il avait un sens naturel de la scène et un instinct musical très sûr.

Il était encore au CNSM chez Philippe Muller – le super-prof du Conservatoire qui a « fait » tous les violoncellistes d'aujourd'hui. Grâce à un autre violoncelliste rencontré à Berlin, et élève d'Heinrich Schiff, je conseillai à mon frère de se présenter dans la classe de ce grand violoncelliste. J'avais eu la chance de rencontrer Heinrich Schiff et de séjourner dans sa maison d'Alter See en Autriche. Immédiatement, j'avais imaginé qu'il serait un professeur idéal pour mon frère. C'est ainsi que, l'ayant rencontré, Gautier partit deux ans à Vienne pour étudier avec lui. Nous avons beaucoup joué ensemble, fêté notre centième double concerto de Brahms, enregistré les trios de Brahms, ceux de Schubert et la musique de chambre de Fauré. Désormais, il est le grand violoncelliste que l'on sait et, si nous jouons moins ensemble, c'est pour mieux nous retrouver.

J'ai présenté mon frère à chaque personne, chaque musicien, chaque agent que je connaissais. Je pense humblement lui avoir ouvert de nombreuses portes, mais son talent est unique et cela s'est fait très instinctivement, très naturellement. Aujourd'hui, je procède de la même façon avec certains jeunes qui ont du talent. Il me paraît naturel de les aider à s'épanouir, de les conseiller. Les vingt dernières années, j'ai vu naître de nombreux talents. Mais beaucoup d'entre eux se sont laissé happer par la célébrité, piéger par leur manque de répertoire ou encore se sont perdus en raison d'un manque de maturité. Une carrière de soliste nécessite un don musical, certes, mais aussi des nerfs solides, une santé de fer, des idées et du charisme. Bref, beaucoup de paramètres. Et c'est cela que je me dois, en tant que professeur, de transmettre à mes élèves et aux jeunes avec qui je travaille. Il y a certaines questions qu'un agent ne peut résoudre pour vous.

Des décisions à prendre qui sont parfois pénibles ou difficiles. Et certaines qui paraissent évidentes sur le court terme. Mais une vie de musicien se construit et se mesure sur plusieurs décennies.

Il est en effet possible d'avoir un succès fulgurant avec un premier disque et quelques concerts bien annoncés, mais hélas, cela ne présage en rien de l'avenir. Une carrière, c'est une course de fond, en aucun cas un sprint. Et ceux qui ne sont pas armés pour cela en font l'amère expérience. C'est une merveilleuse existence que celle de musicien soliste, mais elle est faite de règles et d'une discipline de fer. Comme pour les sportifs, la préparation, la gestion du stress, l'endurance, la ténacité sont déterminantes. Lorsque je regarde jouer Roger Federer, ou que je le vois répondre à une interview, je soutiens que l'homme aurait pu être un grand musicien. L'intelligence de son regard, sa discipline, sa souplesse de jeu : il est autant artiste que sportif. Il y a tout à apprendre de ces hommes d'exception.

En avril 1997, nous étions quelques-uns (Nicholas Angelich, Jérôme Ducros, Jérôme Pernoo) à créer, avec la complicité d'Yves Petit de Voize, que je retrouvais après les Arcs, et Philippe Augier, le festival de Pâques de Deauville. Une belle aventure collective qui fêtera ses vingt-cinq ans en 2021.

CHAPITRE 12

15, avenue Montaigne

C'est lors du festival de Verbier de 1997 que je rencontrai Jacques Thelen. Je l'avais déjà croisé à Berlin, lors de mes séjours à la Philharmonie, lorsqu'il accompagnait Martha Argerich dont il était l'agent exclusif. L'ayant retrouvé plusieurs fois à Verbier et désireux de lui demander conseil, je pris mon courage à deux mains et lui demandai un rendez-vous. Le cadre de la montagne était plus convivial pour une première rencontre avec ce « super-agent » plutôt que dans un bureau froid à Paris. J'étais à l'époque au sortir de mes deux années à Berlin, violon solo de GMJO, et commençais à donner des concerts ici et là. C'étaient les premiers balbutiements d'un tout début de quelque chose… mais pas grand-chose encore…

Je savais qu'il était temps de me trouver un agent, mais, pourvu d'un certain orgueil, je m'étais fixé comme objectif d'attendre que l'on me propose. Une agent française basée à Londres m'avait offert de travailler pour moi et de me rencontrer. Mais je n'étais pas sûr de moi et voulais demander conseil à Jacques Thelen, l'agent de Martha Argerich, de Myung-whun Chung et d'Hélène Grimaud.

Par une matinée de juillet 1997, nous avons pris un café à l'hôtel Vanessa, dans le centre de Verbier. Je lui racontai mon cursus, mes aspirations, mes rêves, mais dès le début de notre rencontre je lui avais dit que je ne lui demanderais pas de me représenter – c'était inimaginable pour moi à l'époque de penser rejoindre cette écurie prestigieuse – mais seulement des conseils. Je lui parlai de cet agent à Londres et lui demandai son avis. Très vite, un profond climat de confiance s'instaura.

Jacques est un homme plein d'humour, affable, décontracté, et, au moment de nous séparer, il me dit : « Vous n'êtes peut-être pas demandeur, mais je suis preneur », ce à quoi il ajouta : « Appelez-moi en septembre. » Mi-septembre, je me rendis au bureau de J. Thelen, situé au niveau de la salle Pleyel – il est désormais au 15, avenue Montaigne, au théâtre des Champs-Élysées. Je lui avais apporté un modeste CV, plein d'espoir, mais stressé, tout de même. Je revois sa tête aussi lorsqu'il lut quelques lignes dudit CV : trois orchestres en Italie et en province avec lesquels j'avais joué ; quelques prix et récompenses et passages à la radio ou à la télévision régionale. Il y avait tout à faire. Dans un sourire, il laissa échapper un : « Eh bien… On a du boulot », puis lâcha : « Eh bien, on y va. » Du tac au tac, je répondis : « On va où ? » Nous nous sommes serré la main en riant. Voilà vingt-deux ans que nous travaillons ensemble.

Jacques Thelen a un talent exceptionnel pour développer la carrière des jeunes musiciens. Il a un instinct sûr et une dévotion qui le fait s'enflammer et parler d'un artiste auquel il croit sur la terre entière. Il est à l'origine du succès d'Hélène Grimaud, ou aujourd'hui du jeune Edgar Moreau ou de Khatia Buniatishvili. Il a été pour moi d'une aide inestimable pendant de nombreuses années. Tout était à construire. J'avais vingt et un ans, je venais de débuter une collaboration avec la maison de disques Virgin Classics et avec son président Alain Lanceron, mais il me fallait auditionner pour des chefs, développer mes concerts avec des orchestres, donner des récitals… Ce furent des années passionnantes.

Les débuts d'un artiste sont souvent des moments pleins de promesses et d'adrénaline. Mais aussi de solitude et d'apprentissage. Il n'y a personne pour vous enseigner à gérer votre trac d'avant-concert. Personne pour vous rassurer quand vous êtes pris par le doute. Quand, après douze heures d'avion en classe économique, vous arrivez au Japon et devez affronter le décalage horaire pour la première fois, résister aux heures d'interview avec la traduction qui double la durée et vous fait sombrer dans un demi-sommeil… Il faut avoir une bonne composition.

Jacques Thelen a rempli un peu tous ces rôles. Il est devenu mon conseiller, mon coach, et très vite mon ami. Celui que l'on pouvait réveiller en pleine nuit pour lui parler d'une angoisse ou d'un problème personnel. Toujours disponible pour ses artistes – qu'il aime et chérit comme ses enfants –, il les défend aussi contre vents et marées. Ce dévouement, cette disponibilité, cette dévotion, c'est Jacques Thelen. Si l'immense pianiste Martha Argerich lui fait confiance depuis plus de trente ans, c'est bien pour cela. Il faut les voir tous les deux, mi-complices, mi-canailles, les entendre rire ensemble quand Jacques repasse la robe de Martha dans sa loge avant le concert. Il y a très peu d'agents artistiques comme Jacques Thelen. Il est d'un autre temps, et c'est ce qui fait ses qualités et sa place unique depuis trente-cinq ans.

CHAPITRE 13

Ich bin ein Berliner

En 1999, après m'avoir auditionné, le grand Yehudi Menuhin me choisit pour jouer sous sa direction à Paris le quatrième concerto de Mozart. Le concert aurait lieu à la salle Pleyel en mars de la même année. Je me souviens encore du ton si jovial de Jacques lorsqu'il me l'annonça au téléphone. Ce serait mon premier grand début à Paris. Et sous la direction de Yehudi Menuhin, la classe ! Quelle belle journée que celle de l'annonce de ce concert !

En fait cela n'arriva jamais : Yehudi Menuhin allait disparaître cinq jours avant ce fameux concert tant attendu. Lors de sa mort, le 12 mars 1999, j'étais en province pour un concert. Le téléphone sonna dans ma chambre d'hôtel. C'était France Inter qui voulait avoir mon sentiment, à une semaine de ce concert avec lui à Paris. Je donnai quelques minutes d'une interview pleine d'admiration. Dix minutes plus tard, mon portable et le téléphone de l'hôtel sonnèrent sans interruption.

Une trentaine de journalistes voulaient mes impressions. Je me souviens les avoir toutes déclinées, leur disant d'approcher des violonistes qui avaient été ses élèves ou ses proches. Je n'avais pas la légitimité pour parler de ce grand, de cet immense violoniste et être humain exceptionnel.

Le concert fut transformé en hommage au maître, et je jouai finalement mon Mozart avec le Sinfonia Varsovia dirigé par Tamás Vásáry. Cet événement à la salle Pleyel fut un peu mon début officiel à Paris. Encore aujourd'hui, j'essaie d'imaginer ce qu'il aurait été avec cet immense musicien.

Un matin d'octobre 2002, à 10 heures, le téléphone de ma petite maison des Batignolles me sortit de mon sommeil. C'était Jacques. Il était surexcité. L'un de ses artistes, le violoniste Gil Shaham, venait d'annuler sa participation à trois concerts à Berlin. Sa femme était enceinte, et il préférait rester à New York auprès d'elle et renoncer à ses concerts en Europe. Il s'agissait du Philharmonique de Berlin dirigé par Bernard Haitink. Le concerto à jouer était celui d'Erik W. Korngold. Cette nouvelle me fit l'effet d'un triple expresso. Mon cœur fit un bond. Mes questions fusèrent. Jacques me demanda si je pouvais jouer ce concerto de Korngold seulement dix jours plus tard. La vie était bien faite, j'avais insisté pour mettre ce concerto à mon répertoire quelques mois plus tôt, et venais de le jouer pour la première fois au Canada avec l'Orchestre symphonique de Montréal. Je répondis par un oui enthousiaste. Restait à convaincre le chef Bernard Haitink, les musiciens de l'Orchestre philharmonique de Berlin et leur nouveau directeur musical, Simon Rattle.

Jacques devait alors proposer mon nom à l'orchestre et défendre son choix. Il faut savoir que, dans un cas comme celui-ci – les annulations sont finalement assez fréquentes dans ce métier –, tous les agents sont contactés pour connaître les disponibilités des violonistes susceptibles non seulement d'être libres, mais aussi de jouer ce concerto-là. Fort heureusement, je n'étais pas très au fait, à l'époque, de ce processus, et commençais donc à rêver à un (potentiel) début avec la Philharmonie de Berlin. Le lendemain la réponse arriva : Jacques était si heureux de m'annoncer la confirmation de mon engagement avec cet orchestre magnifique. Joie totale !

Je me mis à travailler non-stop le concerto de Korngold. C'était, et c'est toujours, l'un de mes préférés. Je l'avais découvert par le disque – magnifique – de Gil Shaham que je devais justement remplacer. Entre-temps, Gil est devenu un ami, et je suis l'un de ses plus grands fans. Sa sonorité est l'une des plus belles qui soient. Et l'homme est un ange.

À mon arrivée à Berlin, j'allai à la Philharmonie – que je connaissais si bien pour y avoir joué de temps en temps entre 1995 et 1997 et écouté tant de concerts – pour répéter le concerto dans la loge du chef avec Bernard Haitink. Je me retrouvai dans la même loge que celle où j'avais auditionné cinq ans auparavant pour Claudio Abbado. Haitink passe la porte, et avec ce demi-sourire si caractéristique, plein d'humanité et de douceur, il me dit en guise d'introduction : « Ah oui. Vous au moins, vous le connaissez, ce concerto. Pour moi, ce sera une première. » Quelle belle façon de mettre à l'aise un jeune musicien évidemment écrasé par la pression que représente un début avec un grand chef et la Philharmonie de Berlin ! La séance de travail fut des plus agréables, Haitink cherchant sans cesse à servir la musique et le sens même de la ligne musicale.

Après avoir tant entendu l'orchestre en concert à Berlin pendant mes deux années là-bas, j'étais si impatient de pouvoir jouer avec eux en tant que soliste. Ce serait en outre la première interprétation de ce concerto créé par Jascha Heifetz en 1947, pour le Philharmonique. On était en 2002, cela paraissait incroyable. Dans le programme, que j'ai gardé précieusement, il est écrit : Première interprétation du concerto de Korngold par l'Orchestre philharmonique de Berlin. Il avait fallu attendre cinquante-sept ans pour qu'il entre au répertoire de l'orchestre. Ma fierté en était décuplée. Ce furent trois concerts mémorables pour moi : ils lancèrent ma carrière en Allemagne et en Autriche.

Je me souviens de Simon Rattle, présent au premier concert, et qui était venu me saluer juste avant d'entrer sur scène dans ma loge, pour m'encourager. Il y avait beaucoup de bienveillance à mon égard. Haitink, Rattle et l'orchestre étaient absolument de mon côté. Ce n'était pas forcément le cas en France. Pendant plusieurs années, je sentais des réticences et un certain malaise avec quelques musiciens français. J'étais tellement bien accueilli à Salzbourg, à Vienne – qui allait devenir la ville de tous mes débuts – ou à Berlin que cela me consolait. En France, et surtout à Paris, on semblait m'en vouloir. Je n'avais rien volé à personne, j'étais un jeune musicien assoiffé de musique et heureux de jouer avec ces brillants musiciens.

Myung-whun Chung fut le premier chef d'orchestre à me faire confiance. Ensemble, nous avons joué à Paris – lorsqu'il était à la tête du Philharmonique de Radio France, mais aussi avec la Scala de Milan, le Maggio musical de Florence, le Tokyo Symphony Orchestra ou l'Orchestre de chambre d'Europe.

Avec le pianiste Chung, je jouai aussi le trio de Tchaïkovski avec J. Wang, le *Quatuor pour la fin du Temps* de Messiaen, la sonate de Debussy, le *Trio des Esprits* de Beethoven, et bien d'autres œuvres de musique de chambre. Lui-même disciple de Carlo Maria Giulini, Chung a dans sa façon de faire la musique la même profondeur que celle que j'avais découverte en 1992 chez Giulini. Giulini et Chung – tout comme Messiaen – ont en commun cette foi en Dieu, Cette façon de faire la musique comme une offrande. Avec Chung, je me suis toujours senti en confiance et protégé. J'ai joué les concertos de Mendelssohn, Bruch, Brahms, Beethoven, Tchaïkovski avec lui, et toujours il a été un frère en musique. Je lui dois la plupart de mes débuts importants en Europe.

Chapitre 14

Martha, l'indomptable

En 2002, la ville de Lugano et une banque suisse ont imaginé – avec l'aide de Jurg Grant et de Guy Gremper, amis de Martha Argerich – un festival dénommé « Progetto Martha Argerich ». Une période de trois semaines où la pianiste argentine pourrait inviter ses amis et y donner des concerts en s'installant dans une villa du Tessin, cette sublime région de la Suisse italienne.

La salle de la radio – à l'acoustique merveilleuse – retransmettrait les concerts de musique de chambre. Et l'Orchestre de la Suisse italienne serait à disposition pour deux grands concerts. Consultant chez Emi à l'époque, Jurg Grant (surnommé Abdoul par Daniel Barenboïm et que tout le monde appelait ainsi depuis lors) était à la manœuvre pour établir les programmes de cette première édition. Il avait aussi réussi à convaincre la maison de disques EMI d'enregistrer tous ses concerts en vue de publier une sélection des enregistrements de la reine mondiale du piano.

J'avais rencontré Martha à plusieurs reprises avant cet été 2002, mais c'était la première fois que j'allais jouer avec elle. Cette année-là, ce furent les triples concertos de Beethoven (avec elle et Mischa Maisky), le quintette de Schumann et le premier trio de Mendelssohn (qu'elle jouait pour la première fois), mais aussi un bon nombre d'autres pièces.

Mon frère et moi étions dans un état d'excitation extrême à l'idée de jouer en trio avec elle. Il n'y eut qu'une lecture un soir tard, puis une générale enregistrée – laquelle servit à quelques raccords près pour le disque qui devait sortir six mois plus tard. La répétition générale était tendue – Martha était nerveuse, fatiguée par deux semaines de festival avec divers répertoires. Il nous fallait être au top tout en composant avec les tensions du moment et la pression sur nos épaules dues à cet enregistrement « public » (dont elle ne voulait pas entendre parler, bien sûr). Entre deux mouvements du trio, alors qu'elle n'était pas satisfaite du réglage du piano, je cherchai à relâcher la pression. Quelques minutes plus tard, nous riions aux éclats tous les trois, et la répétition se passa sans encombre. Martha nous portait, nous inspirait.

Depuis 2002, j'ai eu la chance de donner plusieurs dizaines de concerts avec elle.

En musique de chambre ou en récital – nous avons joué des sonates de Beethoven (nos 8 et 9), Schumann (nos 1 et 2), Prokofiev (no 2) et Bartók (no 1), les deux trios de Mendelssohn, les quatuors de Schumann et de Beethoven, le quintette de Schumann, le trio de Chostakovitch et souvent le triple concerto de Beethoven dont une version a été filmée au festival de Salzbourg avec Gustavo Dudamel et son Orchestre du Venezuela.

Nous avons donné toute une série de concerts au Japon en 2006, et joué à Hiroshima lors d'un concert où nous étions tous très émus. Mais également avec l'Orchestre de Philadelphie et Charles Dutoit, en Chine, à Varsovie, à Hambourg et sur de nombreuses scènes internationales.

Jouer avec Martha, c'est voyager dans un univers sonore exceptionnel. C'est être pris par la main de façon rigoureuse et tendre à la fois, et emmené dans des contrées nouvelles, redécouvrir des sentiers déjà empruntés, mais avec le sentiment d'être guidé par une enchanteresse. À chacune de nos rencontres sur scène, nous sommes comme deux enfants. Heureux de jouer ensemble, en toute confiance, et en prise de risque totale. Nos deux personnalités, nos deux êtres ne font alors qu'un, et nous sourions naïvement jusqu'à la dernière note, ayant oublié à quel point c'était agréable et explosif de mêler nos sonorités respectives.

On a tout dit sur Martha. Et souvent des bêtises. Elle est simplement un talent brut associé à un instinct et une écoute des autres hors du commun. Son assise rythmique est l'une des plus organiques qui soit. Forte de cette incroyable stabilité, elle peut tout faire et pousse très loin les limites des tempos dans certaines œuvres. On rencontre souvent des pianistes qui cherchent à l'imiter. Mais aucun ne lui arrive à la cheville. Il n'y a qu'une seule Martha Argerich. Elle est un diamant pur, et je mesure le privilège de la connaître et de partager la scène avec elle si souvent.

Chapitre 15

11 septembre

Le 11 septembre 2001, j'étais à Jérusalem pour le festival qu'organisait Elena Bashkirova. Je sortais de répétitions et rentrais dans ma chambre d'hôtel pour me détendre un peu. J'allume la télévision et me trouve, comme des milliers de Terriens, face à l'indicible, j'assiste en direct au spectacle terrifiant des Twin Towers frappées de plein fouet par deux avions pilotés par des terroristes. Je reste hébété devant mon écran pendant de longues minutes, assistant, incrédule puis terrifié, à l'effondrement des deux tours. Chacun se souvient précisément de l'endroit où il se trouvait ce jour-là, à ce moment précis. Chacun se souvient du choc que cet événement a constitué pour lui.

Quelques heures plus tard, nous étions tous réunis dans une chambre d'hôtel, inquiets, bouleversés, choqués, d'autant plus que certains musiciens américains attendaient avec anxiété des nouvelles de leurs proches habitant New York.

Le programme du soir devait présenter un florilège de transcriptions d'opéra. C'était un programme ludique et très joyeux, propice à la fête et aux réjouissances. Il était évidemment hors de question de conserver ce programme. Une discussion animée eut lieu dans cette chambre d'hôtel. Il y avait ceux qui pensaient que la musique n'avait pas sa place un soir comme celui-là et qu'il fallait tout bonnement annuler le concert. Et ceux, dont je faisais partie, qui pensaient que seule la musique pouvait apaiser, calmer ou panser la plaie ouverte de ce choc interplanétaire. Nous décidâmes finalement de donner le trio n° 2 de Chostakovitch avec Yefim Bronfman et le regretté Boris Pergamentshikov.

Il y eut aussi le quintette à deux violoncelles de Schubert. Deux chefs-d'œuvre absolus pour un moment de recueillement en musique. Contre toute attente, le public vint encore plus nombreux que d'ordinaire, et il fallut rajouter des chaises dans le théâtre Khan de Jérusalem où avaient lieu les concerts du festival. Nous avions décidé et demandé au public de ne pas applaudir à la fin des œuvres. Pour laisser place à la prière et à la méditation. Un silence dont je ressens encore les vibrations aujourd'hui. Jamais je n'oublierai le poids de chaque note ce soir-là. Chaque harmonie, chaque liaison, chaque accent prenait une dimension universelle. Nous étions tous, public et interprètes, habités par le même sentiment de fragilité et de compassion. C'est dans des moments comme celui-là que l'on réalise vraiment le sens d'être un artiste. La vraie mission qui est la nôtre. C'est dans ces moments-là que la musique prend une dimension exceptionnelle. Il y a quelques années, je donnai avec mon amie Hélène Mercier au piano, mon premier concert dans un hôpital : c'était à Pompidou, devant des malades et le personnel soignant.

Récemment, je donnai un concert pour des enfants atteints de cancer à l'hôpital Gustave-Roussy, à Villejuif, en compagnie de Madame Brigitte Macron. La joie que procurait la musique à ces enfants, l'impression de réconfort qui se lisait sur leurs petits visages émaciés valaient toutes les thérapies du monde. Ces moments sont le but même de ma vie de musicien.

De la même façon, jouer chaque année dans la maison de fin de vie à Gardanne, dans le cadre du festival de Pâques d'Aix, me permet de me remettre sans cesse en question. De réaliser à quel point nous sommes privilégiés d'être en bonne santé, d'avoir une vie passionnante et si exaltante. Dans cet établissement créé dans les années sida, les gens sont choyés et soignés pour tenter d'apaiser au maximum leurs souffrances si insupportables. Jouer de la musique pour eux est une respiration. La dernière fois que je me suis produit là-bas, en avril dernier, il y avait une atmosphère incroyable. Presque joyeuse, hors du temps.

Une patiente souriait, plaisantait avec moi. C'était si paisible. Si incroyablement fort. Jean-Marc La Piana, qui a conçu et imaginé cette maison, est un médecin et un homme exceptionnel. Confrontés à la mort plusieurs fois par semaine, lui et ses équipes font face et consacrent tout ce qu'ils ont d'humanité et de réconfort à ces êtres venus pour leur dernier voyage. J'ai une profonde admiration pour tous ceux et celles qui, dans le personnel soignant, donnent de leur temps et de leur personne pour permettre à d'autres de vivre un peu mieux.

Nous, artistes, avons aussi notre part à prendre. Récemment, je jouai quelques minutes pour des personnes dans le besoin au restaurant solidaire Reffetorio, qui se trouve sous l'église de la Madeleine, en plein cœur de Paris. Entre deux services, je jouai quelques extraits de musique de films, la *Méditation de Thaïs* et d'autres morceaux. En contact direct avec les gens assis à table et si proche d'eux que j'eus lors d'un instant l'impression d'être l'un des violonistes tziganes que l'on voit en Hongrie ou dans des restaurants. J'ai encore en mémoire le concert que nous avons donné avec l'Orchestre Gustav Mahler à Sarajevo en 1996. Immédiatement après la guerre. Les immeubles étaient éventrés par les bombes. Et la ville était meurtrie, en proie à la désolation. Je n'oublierai jamais l'atmosphère de ce concert. La soif du public pour cette musique réconfortante et apaisante. J'ai à cœur de jouer pour ces publics défavorisés. La musique ne peut et ne doit pas être seulement réservée à des connaisseurs et des aficionados ultraprivilégiés. Elle doit être un instrument de lien entre les hommes. Je sais cela depuis toujours, mais depuis quelques années je vis cet engagement de façon réelle et concrète.

CHAPITRE 16

Décalages horaires

Certes, jouer au festival de Salzbourg, au Musikverein de Vienne, au Suntory Hall de Tokyo procure d'intenses et d'immenses joies, et je suis toujours très heureux d'y retourner, mais des moments plus intimes, ou dédiés à une cause précise, ou un événement particulier sont toujours au moins aussi forts en émotions partagées avec le public.

Un autre souvenir puissant me revient en tête. C'était après la catastrophe de Fukushima, je devais me rendre au Japon pour une tournée avec un orchestre français qui décida d'annuler sa venue pour des raisons de sécurité. C'était deux semaines seulement après la tragédie. Ayant accepté un récital en plus de la tournée avec l'orchestre, je décidai d'y aller malgré tout et de maintenir ce concert à Tokyo. Bien sûr, ce n'était pas héroïque ni même courageux de ma part, mais je souhaitais vraiment témoigner aux Japonais ma fidélité et ma compassion. L'accueil qui me fut réservé avant même que je ne fasse résonner la première note de musique était d'une telle vigueur, d'une telle chaleur, que je compris immédiatement que les Japonais me remerciaient simplement d'être là. Et de ne pas avoir annulé, comme la plupart des artistes étrangers à ce moment-là. Depuis, je ne fais pas un seul concert au Japon sans que l'on me remercie d'être venu juste après l'accident de Fukushima, en 2011.

Mes voyages m'ont conduit aux quatre coins du monde, et il ne se passe pas une semaine sans que je ne prenne l'avion pour une destination différente en vue d'un concert. J'ai appris avec le temps à gérer les décalages horaires, ma façon de m'alimenter et à choisir quand boire ou non de l'alcool. J'ai appris – plus ou moins – à gérer la solitude des concerts, des après-concerts (souvent), et des longs voyages transatlantiques ou asiatiques. Souvent, l'effet du décalage horaire, en plus de vous mettre à plat, vous plonge dans une humeur proche de la dépression ou plutôt d'un sentiment de lassitude, de doute, voire d'angoisse. Selon la fatigue accumulée lors des précédents voyages, il m'est arrivé d'être irritable ou totalement abattu. Avec le temps, j'ai trouvé des remèdes. D'abord, choisir un vol de nuit (s'il s'agit d'un départ en Asie), faire le plein de sommeil dans l'avion en voyageant dans de bonnes conditions. Pas d'alcool pendant le vol. Pas de repas non plus. Le vol est fait pour dormir. À mon arrivée, je vais immédiatement courir dans la salle de sport de l'hôtel, puis après un dîner léger je refais une nuit complète. Telle une marmotte, je stocke du temps de sommeil… Au réveil, après deux nuits de dix heures, je suis d'attaque pour répéter et jouer les concerts qui m'attendent.

Les jours de concert, je fais, comme vous le savez, ma traditionnelle sieste pour couper la journée et trouver toute l'énergie nécessaire au moment dit, vers 20 heures ou 21 heures. Quand le concert est à 11 heures ou à 14 heures, je procède de la même façon. En me réveillant plus tôt pour couper en deux la journée par une courte sieste, je reconstitue mes forces pour la représentation. Petit à petit, après de grosses frayeurs, notamment un concert où j'avais failli m'endormir de fatigue et où menaçait l'inévitable trou de mémoire, qui est le premier danger avec le décalage horaire, j'ai appris à mieux me connaître, mieux appréhender mon corps et anticiper davantage les affres des voyages solitaires.

Un de mes amis, que je croisai un jour à l'aéroport de Shanghaï, s'étonna de me voir seul. « Mais où est ton staff ? » me dit-il. Je lui répondis avec un sourire amusé : nous voici tous devant toi, mon staff, mon violon et moi ! Je voyage toujours seul – sauf s'il s'agit d'une tournée avec un pianiste ou de concerts de musique de chambre. Mais dans 80 % des cas, le musicien soliste est – par définition – seul. Certains vont au musée, d'autres passent leur temps à travailler dans leur chambre, d'autres en profitent pour effectuer quelques visites, ou faire un peu de shopping. Certains regardent des séries, d'autres lisent des livres. Pour ma part, je suis un peu un ermite en période de concert. J'ai mon rythme de croisière et essaye de m'y tenir. Depuis que j'ai une famille, je profite également de cette solitude pour travailler le maximum en tournée, afin de pouvoir profiter des miens lors de mon retour à la maison. Mais il n'y a pas de règles applicables à tous. Chacun adapte son rythme et ses habitudes à sa façon de vivre.

Ma principale alliée lors de mes séances de travail dans les hôtels est une sourdine en plomb. Un petit cylindre en acier que je dispose sur le chevalet pour réduire la sonorité de mon violon à celle d'un murmure. Cette sourdine me permet de travailler de longues heures à n'importe quel moment du jour ou de la nuit sans déranger quiconque autour de moi.

Chapitre 17
Zusammen musizieren

Découverte lorsque j'avais sept ou huit ans, la musique de chambre a toujours fait partie intégrante de ma vie. Dès que j'ai eu l'occasion de « partager » la musique à plusieurs et de la vivre ensemble, je l'ai fait avec délectation et ferveur. C'est grâce à cet amour de la musique de chambre que j'ai eu à cœur de créer les Rencontres de musique de chambre de Bel-Air, en 1996. Ma fringale de musique était telle que les invitations à jouer ne suffisaient pas. Il me fallait pouvoir programmer moi-même les œuvres que je rêvais de découvrir, de les jouer et de les rejouer.

Ces moments aux Rencontres de Bel-Air, ces heures à partager la musique, à « musiquer ensemble » comme le dit la belle expression allemande *zusammen musizieren*, m'ont permis de découvrir, très jeune, un immense répertoire, mais surtout d'être en immersion dans les œuvres des grands compositeurs. Ayant joué l'intégrale de la musique de chambre de Brahms assez jeune, je n'interprétais évidemment pas de la même façon son concerto et son double concerto. Ce dialogue permanent est nécessaire dans la musique de chambre, en échange avec d'autres musiciens. Certaines rencontres m'ont permis de découvrir des musiciens exceptionnels. J'ai appris avec beaucoup d'entre eux, mais quelques-uns sont restés de très proches compagnons de musique. J'ai connu l'altiste Gérard Caussé aux Arcs, alors que je tournais les pages des concerts d'hiver dans la salle des congrès de l'hôtel du Golf, à l'âge de huit ou dix ans.

Mais notre véritable rencontre musicale eut lieu en septembre 1997. Nous avions tous deux été conviés au 1er festival de musique de chambre de Jérusalem par Elena Bashkirova. Très vite, Gérard et moi sommes devenus des amis. Mais il y a eu la scène d'abord, et surtout les séances de répétition. Sans aucune exagération, il est certainement le musicien qui m'a le plus influencé en musique de chambre. Altiste à la sonorité chaude et sensuelle – son alto est un magnifique Gasparo da Salò de 1560 –, il a été membre des quatuors Parrenin (avec qui il créa *Ainsi la nuit*, le quatuor d'Henri Dutilleux) puis Via Nova. Par la suite, il sera demandé par Pierre Boulez pour jouer dans l'Ensemble intercontemporain. De là s'ensuivit une brillante vie de soliste et chambriste, l'emmenant aux quatre coins du globe pour notamment de nombreux concerts avec le génial violoniste Gidon Kremer. Outre sa sonorité et son instinct musical très affiné, Gérard est d'une immense élégance et d'un grand raffinement. J'ai tant appris de lui dans sa façon d'écouter les autres en répétition, de tempérer les ardeurs soudaines qui peuvent survenir après plusieurs heures de travail. Un diplomate de la musique. Un gentleman de l'alto. Séducteur et sensible à la fois.

Depuis 1997 et cette rencontre à Jérusalem (il a l'âge de mon père), nous sommes comme deux membres d'une même famille et nous avons encore tant de projets. Nous venons de jouer ensemble la version pour trios à cordes (qu'il avait inaugurée avec Dmitri Sitkovetsky, auteur de la transcription, et Mischa Maisky en 1985) de Bach. Nous terminerons également l'intégrale de la musique de chambre de Brahms, entamée en 2003. Ensemble, nous avons enregistré les quatuors avec piano, quintettes à cordes et avec piano et les deux sextuors. Également la musique de chambre de Fauré, qu'il avait lui-même jouée avec Jean Hubeau. Souvent, nous sommes sur scène en trio ou en quatuor, et trois générations sont représentées. Il y a le gamin de vingt ans comme Edgar Moreau, puis les quadras dont je fais partie. Et Gérard et ses soixante-dix printemps, qui semble si jeune. En musique, il n'y a pas d'âge, seulement le partage. Et j'aime ces répétitions où la fougue du jeune de vingt ans et la sagesse du « senior » sont tempérées par les quadras.

La pratique de la musique de chambre est jubilatoire. Elle est aussi une école de la vie. Il faut savoir écouter l'autre. C'est la base même de la musique de chambre. Jouer moins fort lorsque le thème est à l'autre instrument, s'effacer pour mieux faire ressortir une mélodie enfouie entre alto et violoncelle, par exemple. C'est la meilleure école pour l'ego… pour laisser place à la musique.

Claudio Abbado, qui avait une passion pour la musique de chambre, nous faisait répéter en orchestre avec le même esprit. Il nous apprenait à nous écouter. Pas facile quand il y a cent vingt musiciens dans l'orchestre, mais essentiel.

Invité par le violoniste Gidon Kremer à son festival de Lockenhaus, en Autriche, dans la fin des années 1990, pendant trois années de suite, je rencontrai deux autres musiciens qui m'ont beaucoup transmis. Clemens Hagen, violoncelliste du Quatuor Hagen, est l'un des musiciens les plus complets que j'aie eu la chance de connaître. Petit, râblé, il semble totalement en phase avec son violoncelle. Son jeu, terrien, placide, et pourtant si raffiné, est l'un des plus organiques qui soit. J'ai appris, en l'écoutant et en travaillant à ses côtés, comment jouer Mozart et Beethoven. Mais aussi Schubert. Le miracle de la musique de chambre, c'est écouter l'autre, pour transformer votre propre jeu. Si vous êtes assez ouvert pour laisser place à l'autre, le dialogue qui s'instaure devient comme un lien qui nourrit et élève. Lors d'une tournée où nous jouions ensemble l'intégrale des quintettes à cordes de Mozart, j'avais l'impression d'être moi-même à une master class permanente. Ses phrasés, son sens inné de la forme musicale me guidaient et me rassuraient. Nous jouons très souvent ensemble, et j'apprends à chaque concert quelque chose de nouveau grâce à son jeu.

Le second musicien que je rencontrai au festival de Lockenhaus, c'est le contrebassiste Alois Posch. À dix-sept ans, il fut nommé le plus jeune contrebassiste solo de l'Orchestre philharmonique de Vienne. Pendant trente années, il a occupé ce poste et joué sous la direction de tous les grands chefs : de Bernstein à Giulini en passant par Kleiber, Karajan et tant d'autres. Il joue de la contrebasse comme chante un oiseau. Son visage n'est qu'expression lors des concerts. Il est totalement habité par la musique. En répétition, il est d'une extrême exigence, et c'est avec lui que j'ai réappris la musique de Schubert – que nous avons tout de suite jouée ensemble et enregistrée. Lors de notre rencontre à Lockenhaus

– tout comme Caussé et Hagen, des artistes qui ont beaucoup joué avec G. Kremer –, nous avons interprété mon œuvre fétiche : les *Métamorphoses* de Richard Strauss, dans une version pour sept cordes – contrairement à la version commandée par Paul Sacher pour vingt-trois cordes – dans les années 2000.

C'est après avoir retrouvé dans un tiroir les ébauches des *Métamorphoses* écrites pour sept instruments (deux violons, deux altos, deux violoncelles et une contrebasse) que l'éditeur a décidé de publier cette version qui serait la première idée de Strauss, avant que Paul Sacher, chef d'orchestre et mécène de quelques-uns des plus beaux chefs-d'œuvre du XXe siècle, ne lui commande une pièce pour vingt-trois cordes. Quelques années plus tôt, j'avais convaincu vingt-trois amis de jouer cette pièce pour la première fois à Paris. Six ans plus tard, je le jouai à Lockenhaus dans la version « originale » récemment découverte pour sept instruments. Alois était le contrebassiste et, depuis cette mémorable rencontre en musique, nous ne nous sommes pas quittés.

Ensemble, avec Clemens Hagen et Alois Posch, nous avons répondu à l'appel de Claudio Abbado en 2001. Celui-ci voulait recréer l'Orchestre du festival de Lucerne – qui avait vu le jour après-guerre autour d'Adolf Busch et avait disparu depuis. Il avait demandé à tous ses amis musiciens, solistes et membres de ses orchestres de jeunes et musiciens de GMJO, de participer à cette aventure. Tous ensemble, nous allions vivre une expérience unique. Jouer dans un orchestre où chaque membre avait été choisi personnellement par Claudio Abbado. Il y avait Clemens Hagen et Alois Posch, mais aussi Emmanuel Pahud, la flûte solo de Berlin, la violoncelliste Natalia Gutman, mon frère Gautier et plusieurs solistes du Philharmonique de Berlin, qu'Abbado venait de laisser à Simon Rattle. Nous jouâmes la deuxième symphonie de Mahler au festival de Lucerne. Tous ceux qui assistaient à ce concert furent marqués à vie par l'intensité qui se dégageait du groupe de cent musiciens.

Outre le bonheur de nous retrouver, nous avions tous un lien fort avec Claudio Abbado. Et celui-ci venait de survivre in extremis à un cancer. Il était convalescent. Nous donnâmes tout pour lui ce soir-là. Une nouvelle fois, comme avec Giulini en 1992, je m'envolais avec Abbado.

Comment parler de Claudio Abbado et ne pas évoquer cette séance de travail que nous eûmes chez lui à Berlin autour du *Concerto à la mémoire d'un ange* de Berg. Je lui avais demandé, devant jouer cette œuvre avec l'Orchestre national de France pour la première fois, s'il pouvait me donner des conseils. Non seulement il avait accepté, mais il m'avait invité chez lui, dans son appartement berlinois, lumineux mais de taille modeste, pour travailler le concerto. Ce fut une heure entière assis à sa table de travail, à analyser ensemble ce concerto à la forme très originale. Il me donna plusieurs corrections qu'il tirait lui-même de Erich Kleiber (le père de Carlos Kleiber). Entre-temps, une nouvelle édition du concerto a été publiée, et j'ai même pu acquérir récemment la copie fac-similé du manuscrit d'Alban Berg : un véritable trésor.

Abbado était très concis dans le travail et très respectueux de toutes les indications du compositeur. Lorsque je donnai pour la première fois ce *Concerto à la mémoire d'un ange*, j'avais pu en discuter chaque détail avec le génial Abbado. Une chance unique.

Depuis, j'ai eu le privilège d'enregistrer cette œuvre avec l'Orchestre philharmonique de Vienne et mon ami Daniel Harding. Il s'agit de l'unique enregistrement qu'en fit à ce jour cette formation légendaire. Ce fut un moment unique dans ma vie de musicien. Leur sonorité était idéale pour ce répertoire. Récemment, le jour de mes quarante ans, je jouai le concerto d'Henri Dutilleux avec le même Philharmonique de Vienne. C'est mon ami Tugan Sokhiev qui dirigeait, et, lors de la répétition générale, les musiciens jouèrent *Happy Birthday* en notes filées et pianissimo, au beau milieu d'un accord du concerto de Dutilleux. Se voir souhaiter son anniversaire de la sorte par ces musiciens à Salzbourg fut un moment hors du temps.

J'ai la chance de partager la scène avec une génération de chefs d'orchestre – hommes ou femmes – avec qui j'ai le sentiment de dialoguer comme en musique de chambre. Avec le jeune Lahav Shani, que j'ai rencontré en Israël, il y a quatre ans, notre entente fut immédiate ; et nous avons très vite adoré jouer ensemble, aussi bien en concerto qu'en musique de chambre : Lahav est aussi pianiste et contrebassiste. En France, nous avons une génération de chefs fantastiques. François-Xavier Roth (avec qui je viens d'enregistrer les deux concertos de Bartók), Alain Altinoglu (avec qui je jouerai Tchaïkovski pour ouvrir le festival de Pâques cette année), Lionel Bringuier (que j'ai connu à quatorze ans), Stéphane Denève (qui était de l'aventure des *Métamorphoses* de Strauss en 1994 et avec qui j'ai enregistré *Cinéma*), mais aussi Ludovic Morlot, Louis Langrée, Pascal Rophé et quelques autres. Quel bonheur de partager la scène avec cette génération si dynamique. Je n'oublie pas Emmanuel Krivine ou Jean-Claude Casadesus qui m'ont si souvent invité à jouer avec eux. Je pense à ce concerto de Brahms que j'interprétai avec un Robin Ticciati de vingt-trois ans à l'époque, et qui m'expliqua que c'était son premier Brahms… à l'ouverture de la Philharmonie de Paris avec Paavo Järvi et l'Orchestre de Paris... Et puis ce concerto de Saint-Saëns avec Kiril Petrenko à Berlin, il y a une dizaine d'années, ce Mendelssohn avec Andris Nelsons au Holywood Bowl de Los Angeles, ou l'enregistrement des concertos de Beethoven et Korngold avec Yannick Nézet-Séguin. La *Sérénade* de Bernstein avec le New York Philharmonic et Jaap van Zweden (l'œuvre avait été enregistrée par Stern et Bernstein sur le même instrument), les concertos de Tchaïkovski, Korngold, Bruch avec Gustavo Dudamel (rencontré à Caracas alors qu'il n'avait que dix-huit ans), le concerto de Dutilleux et le *Tzigane* de Ravel avec le tsar Valery Gergiev, Brahms à Chicago avec Semyon Bychkov, Saint-Saëns à Tokyo avec Charles Dutoit, Mendelssohn à Vienne avec Daniele Gatti.

En repensant à tous ces amis chefs d'orchestre, je réalise à quel point je suis gâté. Qu'ils soient tous – et aussi tous ceux que je n'ai pas cités dans ce livre – remerciés pour ces beaux moments de musique ensemble.

CHAPITRE 18

Rimes croisées

L'année de mon bac de français, je révisais tant bien que mal mes textes en même temps que mon étude intensive du violon. Il y avait notamment *Candide* de Voltaire et des œuvres d'Annie Ernaux.

Ma mère m'avait parlé de cette vieille dame que l'on croisait parfois à la messe, Mme Mazas, professeur de français et de latin à la retraite. Elle m'avait suggéré plusieurs fois d'aller lui rendre visite pour me faire aider dans mes révisions. Elle habitait à dix minutes à vélo au-dessus de notre maison, à quelques rues d'écart de la nôtre. Je déclinai plusieurs fois, jusqu'au jour où, voulant en avoir le cœur net, je me décidai, à contrecœur, à rendre visite à cette Mme Mazas. Rendez-vous fut pris pour le lendemain. J'enfourchai mon vélo et remplis mon sac à dos de mes livres et textes à réviser en vue du bac.

Il était environ 18 heures, la maison était sombre, la petite dame au chignon blanc sentait l'eau de

Cologne et m'accueillit avec bienveillance. Je sortis mes textes et mes livres, mais elle m'arrêta dans mon élan. Elle me fit asseoir dans cette salle à manger aux murs couverts d'un papier peint vieilli et désuet. J'étais seul face à cette femme de quatre-vingts ans. Soudain, elle se mit à me réciter un poème de Lamartine. Puis un autre de Victor Hugo. Le temps s'était arrêté, j'avais oublié mes textes, mes livres, mes révisions du bac, la vieille salle à manger. J'écoutais cette dame, je buvais chacune de ses paroles, des octosyllabes, des alexandrins qui s'envolaient comme des notes de musique. Ô temps, suspends ton vol ! Je lui posai alors mille questions sur la poésie, les auteurs qu'elle aimait. J'étais encore émerveillé par cette incroyable découverte. Certes, enfant, j'avais appris et récité des poésies. J'en avais étudié en classe. Mais en entendant ces mots, ces phrases récitées ou plutôt déclamées par ce petit bout de femme, j'avais plongé dans un univers qui ne me quitterait plus jamais. Ce jour-là, en enfourchant mon vélo et en me rendant à contrecœur chez Mme Mazas, je ne savais pas que la poésie allait entrer dans ma vie et ne plus jamais la quitter.

J'ai revu Mme Mazas plusieurs fois après ce premier rendez-vous. Dès mon retour en Savoie, je courais la voir, lui demandais des livres, de nouveaux poèmes, de nouveaux recueils. Elle n'est plus là aujourd'hui, mais je tenais à lui rendre hommage.

Elle a su faire naître chez moi la passion de la poésie. Et je lui en serai éternellement reconnaissant.

C'est à cette époque que j'ai dévoré tous les poèmes d'Éluard. Passionné par le surréalisme, j'ai découvert Breton, Char, puis j'ai eu la chance quelques années plus tard de rencontrer le plus grand des poètes français vivants. Philippe Jaccottet vivait à Grignan – il y vit toujours –, où je donnais souvent des concerts de musique de chambre. C'est après l'un de ceux-ci que je fis sa connaissance. Sa poésie est le reflet de ce qu'il est : prodigue, lumineuse, fidèle à la nature et tellement riche en couleurs et en musique.

Sans Mme Mazas, je n'aurais jamais su identifier Philippe Jaccottet. Je l'aurais rencontré, mais ses œuvres ne m'auraient pas touché. Grâce à elle, j'ai découvert un monde à part où les mots deviennent musique. Jaccottet a été édité dans la Pléiade il y a deux ans, et cela m'a procuré une grande joie. J'emmène presque toujours avec moi en voyage un recueil de poésie : Aragon, Hugo, Éluard, Char ou Lamartine, mais aussi Cheng, Breton, Tsvetaïeva ou Bonnefoy. Je retrouve dans la poésie le rythme et les couleurs, les phrasés et les accentuations, les nuances et les ponctuations que je m'efforce de traduire avec mon violon. C'est pour moi la forme artistique la plus proche de l'univers de la musique.

CHAPITRE 19

Le Vicomte de Panette

Je n'ai presque aucun souvenir de mon premier violon. À part celui, vague, du jour où mon oncle me l'a rapporté de Valence et où j'ai essayé de le faire sonner. C'était un tout petit 16e de violon – il y a plusieurs tailles : le 7/8 – le 3/4, le demi, le quart, le 8e et le 16e. En visualisant à peu près la taille d'un violon entier, il est facilement imaginable d'appréhender la taille d'un 16e : c'est absolument minuscule. Il faut dire que je n'étais pas très grand à quatre ans.

C'est le luthier Jean-Yves Rouveyre qui me procurait un violon, et chaque fois que je grandissais il devait passer à une taille supérieure. Le violon dont je me souviens, avant de passer à l'entier, était un très beau 7/8 (entre 3/4 et entier), avec une sonorité très ronde et pleine. Je suis même entré au Conservatoire en 1990, à quatorze ans, en jouant avec ce violon de 7/8.

Mes parents m'avaient offert un joli violon italien de Castagneri, fait à Paris. Je l'adorais et allais passer toutes mes années au Conservatoire avec lui. C'est avec lui aussi que je jouai pour la première fois avec Giulini et devant Isaac Stern en 1995. Il fut un merveilleux compagnon.

Plus tard, j'obtins du Fonds institutionnel français le prêt d'un Vuillaume pendant une année, avant de rencontrer à Verbier, lors du festival, un personnage exceptionnel : Pascal N. Médecin de métier, excellent violoniste amateur et passionné, Pascal possède quelques très beaux instruments. Il me proposa de jouer sur un sublime Guadagnini de 1755 ayant appartenu au grand Arthur Grumiaux. La sonorité était à la hauteur de la beauté du violon : il était vierge de toute fracture. Il semblait comme neuf. Sa sonorité était radieuse, riche et pleine de lumière.

Je suis très reconnaissant à Pascal d'avoir été assez généreux pour me prêter cet instrument magique pendant près de cinq ans. J'ai enregistré mon premier disque de Schubert avec ce violon. On peut reconnaître la sonorité fine et soyeuse propre à Guadagnini.

Un jour, mon ami Augustin Dumay, qui jouait désormais un Del Gesù, me proposa de jouer sur son Stradivarius de 1721. En accord avec le mécène qui possédait aussi le Stradivarius, il le mit gracieusement à ma disposition. Je le jouai pendant cinq années. De 2000 à 2005, j'ai enregistré avec ce Stradivarius des concertos de Mendelssohn, Schumann, des sonates de Brahms, ainsi que de la musique de chambre.

Mais la véritable rencontre de ma vie – en ce qui concerne le violon – eut lieu en 2005. J'avais rencontré à Lugano Alfredo G, et nous étions devenus amis. Un après-midi d'hiver, sur un télésiège de Saint-Moritz alors que nous faisions du ski ensemble, il me parla d'un projet qui lui tenait à cœur. Sa banque voulait investir dans un violon et le prêter à un jeune violoniste. Elle soutenait déjà le Progetto Martha Argerich, et était très impliquée dans le mécénat culturel. À cela il ajouta qu'il souhaitait que je sois ce jeune violoniste. Je lui répondis poliment que j'étais déjà gâté et que j'avais la chance de jouer sur un Stradivarius à la sonorité chaleureuse. Il me dit alors : « Et si tu avais un rêve, quel violon serait-ce ? »

Nous étions emmitouflés dans nos tenues de ski. Il faisait froid. Le ciel était assez couvert, comme souvent à la période entre Noël et le jour de l'an. Je répondis immédiatement : « Mon rêve serait un Guarneri del Gesù. » Un sourire illumina son visage, pourtant recouvert par des lunettes de soleil et un bonnet, et il me dit alors : « Formidable.

Cherche un beau Del Gesù, et on se reparle après. »

J'appelai Pierre Barthel à Paris, qui était devenu mon fidèle luthier depuis 1996, et lui demandai de se mettre à la recherche d'un Del Gesù. J'étais très heureux du beau Stradivarius que me prêtait ce mécène belge. Sa sonorité était des plus soyeuses et je m'étais bien habitué à ce violon. Je n'étais pas spécialement impatient d'en changer pour un autre. J'avais dit très poliment à mon ami banquier que j'espérais trouver ce Del Gesù, mais que je ne pouvais pas garantir que j'en déniche un qui me plaise.

Changer d'instrument, c'est un acte physique. Le violoniste partage tous ses sentiments les plus intimes avec le sien. Le violon est un vecteur et un fil de communication entre l'un et l'autre.

Il se passa plusieurs mois avant que Pierre Barthel ne me rappelle. Avec un violon qui « éveillait » ma curiosité. Il m'avait parlé de plusieurs Del Gesù disponibles à la vente, mais aucun d'entre eux ne semblait en assez bon état. J'en évaluais quelques-uns sans coup de foudre ni révélation. Puis Pierre Barthel me parla de la vente du Vicomte de Panette, un Guarnerius de 1737, le violon d'Isaac Stern pendant plus de cinquante ans. Immédiatement, ma curiosité fut décuplée. Quand pouvais-je le voir ? Était-il en Europe ? Qui en était le propriétaire ? Quel en était le prix ? Isaac Stern avait vendu son violon en 1994 à un collectionneur de Seattle. Celui-ci désirait s'en séparer.

Trois semaines plus tard, j'attendais avec impatience de pouvoir essayer ce fabuleux violon. J'avais quasiment tous les disques d'Isaac Stern et pouvais reconnaître la sonorité boisée, sombre et colorée de cet instrument légendaire. La rencontre avec le violon devait avoir lieu à Lugano, pendant le festival.

Le violon, ainsi qu'un autre Del Gesù, le d'Egville (qui avait été celui de Yehudi Menuhin), arrivait tout droit de Londres, et je devais les essayer le soir même. Mon excitation était à son comble.

Finalement, tard dans la soirée, l'homme qui transportait les deux merveilles arriva à l'hôtel. Il faisait nuit noire et nous nous dirigeâmes vers une chambre de la Villa Principe Leopoldo – superbe hôtel donnant sur le lac de Lugano – pour que je puisse « rencontrer » ces deux instruments. La scène paraît surréaliste, avec le recul : nous avions disposé les trois violons sur le lit. Le Del Gesù de Stern, celui de Menuhin, et le Stradivarius de Kreisler que l'on me prêtait à l'époque. Je pris d'abord celui de Menuhin, le posai sous mon menton et jouai quelques notes. Le violon était beau, la sonorité superbe, mais rien ne se passa.

C'était une jolie rencontre. Je reposai l'instrument et saisis le Del Gesù de Stern. À peine l'archet avait-il effleuré les cordes du violon que je fus saisi d'une sensation de bien-être intense. Sa sonorité me parlait. J'étais immédiatement en phase avec lui. Je jouai le thème de la première sonate de Brahms : j'eus l'impression d'avoir toujours connu ce violon, d'avoir soudain une palette de couleurs infinie, de n'avoir plus aucune limite dans la production du son.

Lorsque j'ouvris les yeux quelques secondes après avoir joué le « Panette », les personnes qui étaient présentes dans la chambre souriaient. Mon luthier Pierre Barthel n'en croyait pas ses oreilles : ce violon semblait coller parfaitement à ma façon de concevoir le son. À ma manière de prendre la corde, de transférer le poids de mon bras droit sur mon poignet et dans les doigts de façon à transmettre sur l'archet la pression nécessaire pour faire résonner l'instrument.

J'étais sans voix. Je n'osais plus rien dire. Mais tous ceux présents ce soir-là dans cette chambre, dont mon frère et mon luthier, avaient compris qu'entre ce Panette et moi, c'était du sérieux. Je venais de tomber amoureux d'un violon, ou plutôt de la sonorité d'un violon. Je n'espérais désormais qu'une chose : que la banque ne change pas d'avis. Après une nuit sans sommeil – j'étais bien trop excité par cette nouvelle découverte pour arriver à dormir –, je me rendis dans la salle de la Radio et fis sonner l'instrument devant le président de la banque et quelques-uns de ses collègues. L'impression fut confirmée et l'enthousiasme partagé par tous. Il nous fallait désormais entrer dans le cœur du sujet et étudier les modalités de l'achat du violon.

Il y eut encore quelques petites frayeurs, mais deux mois plus tard, en août 2005, je jouais sur ce sublime violon et mesurais à chaque note l'immense privilège qui était le mien. Je n'ai pas oublié la joie et l'émotion du luthier Étienne Vatelot lorsque je lui appris que j'allais jouer ce violon. Il me répondit, visiblement touché, en me prenant par le bras : « Ça a toujours été mon violon préféré. De tous ceux que j'ai vus, écoutés, celui-ci était mon favori. C'est sûrement aussi parce que j'étais si proche d'Isaac. Et je suis si heureux que tu reprennes le flambeau. » Ce violon nous lia, Étienne et moi, jusqu'à sa mort. Je n'avais jamais été un client de son atelier, mais désormais nous étions amis et soudés par cette sonorité. Par cette histoire. Nous nous sommes souvent rencontrés à Eygalières, petit village des Alpilles où il résidait l'été et où je me suis marié.

J'ai une grande tendresse pour son épouse, Yvette, que je vois souvent et qui est toujours présente à mes concerts lorsque je joue à Paris. Je pense très souvent à Étienne. Il a inspiré plusieurs générations de luthiers. Et il était le confident et le médecin de tous les plus beaux violons au monde. Stern, Menuhin, Grumiaux, pour n'en citer que quelques-uns, ne juraient que par lui.

Il faut dire que la relation entre un luthier et son violon est très intime. Elle s'apparente un peu au rapport d'un patient et de son psychanalyste. Le luthier est bien sûr le médecin du violon. Il le soigne, l'ausculte, le répare, le vernit, le recolle… mais il est aussi celui qui réconforte l'artiste et le rassure avant un concert important.

Il lui faut vérifier la pression des cordes, la tension du chevalet, la position de l'âme. L'âme du violon, c'est ce petit cylindre de bois qui fait le lien entre la table et le fond. C'est grâce à ces quelques millimètres d'épaisseur que le violon peut résonner et sonner à plein. Le luthier règle l'âme grâce à un petit outil appelé pointe aux âmes qui peut déplacer l'âme de quelques millimètres.

Le moindre millimètre peut changer la sonorité de façon radicale. C'est pour cette raison que la confiance entre le violoniste et son luthier est si importante. Le premier indique alors ses intentions au second : s'il trouve l'instrument plus ou moins tendu, c'est au luthier de faire le réglage. Ce dernier varie selon les instruments. Certains aiment le violon très tendu, d'autres – dont je fais partie – préfèrent un réglage plus souple, permettant à la sonorité d'être plus ample.

Il arrive aussi que le violon soit « décollé ». Cela arrive souvent lorsqu'il fait très sec en hiver. Le bois a besoin d'humidité, et il peut en manquer à certains endroits. Même sans le voir, le violoniste l'entend immédiatement. Le violon semble alors enroué, comme s'il avait un chat dans la gorge. Si le luthier est à une distance raisonnable, il faut lui confier l'instrument pour qu'il le recolle et le mette sous presse. Si cela arrive en pleine tournée, et qu'aucun luthier n'est dans les parages, on peut, en faisant bouillir de l'eau et en y trempant une brosse à dents, déposer délicatement les fils de la brosse sur l'endroit décollé. Quelques gouttes d'eau bouillante font fondre le reste de colle qu'il y a encore dans les éclisses. Il suffit alors de poser des presses pendant la nuit et le violon sera de nouveau en bonne santé le lendemain. Mais cela ne dure guère plus de quelques jours. Il faut de toute façon confier son instrument à un luthier et le laisser procéder à un vrai recollage.

Voilà près de quinze ans que je joue sur le Vicomte de Panette. Avant moi, il a appartenu à l'illustre luthier Jean-Baptiste Vuillaume, qui l'acheta pour 3 200 francs dans les années 1840… avec la recommandation du violoniste Delphin Alard. Puis Vuillaume le vendit au vicomte de Panette en 1847, qui lui-même l'offrit à sa fille, la princesse de Bélâbre, qui le possédera jusqu'en 1926. C'est avec émotion que le maire du village de Bélâbre – près de Poitiers – me fit part de son souhait de faire revenir le violon dans l'endroit où il avait séjourné pendant plusieurs années, pour un concert. Je lui ai promis de le faire. Comme j'ai promis aux propriétaires de l'hôtel particulier du vicomte de Panette, à Bourges, de faire revenir le violon pour un soir. Car ce violon a beaucoup voyagé. Il quitta la France en 1926 pour les États-Unis (New York de 1926 à 1929, puis Chicago de 1929 à 1947). C'est en 1947 qu'Isaac Stern devint propriétaire du Vicomte de Panette, qu'il allait jouer cinquante ans durant. Bon nombre de ses enregistrements ont été effectués avec ce merveilleux instrument.

En 1994, M. Fulton, collectionneur, devint propriétaire du Vicomte jusqu'en 2005, année où la banque acheta le violon pour moi. C'est finalement à partir du moment où je le jouais, en 2005, que le Vicomte de Panette retourna en Europe et en France.

Les premiers concerts avec le Vicomte furent émouvants. Le premier concerto que j'interprétai fut celui de Brahms. J'eus alors la sensation incroyable que les vibrations qui émanaient du violon étaient déjà identifiées par l'instrument. Comme si le bois se souvenait de ces harmonies, de ces vibrations. Il y eut toute une période d'apprivoisement, de recherche. Comme un cavalier tâche de comprendre et de sentir son cheval, j'essayais d'anticiper les sons qui allaient s'échapper de mon instrument.

La sensation la plus étonnante en le jouant, c'est lorsque l'on souhaite en augmenter la puissance et jouer plus large, de manière plus puissante : on a alors l'impression que l'on peut développer cette expérience de son quasiment à l'infini. La sonorité du Vicomte de Panette n'est jamais agressive – sauf si l'on force –, mais toujours soyeuse et ombrageuse ; tendre ou rauque parfois, mais jamais dure. Sur la corde du *sol* (la corde grave), le timbre est proche de la voix d'alto de Kathleen Ferrier. Voilà aujourd'hui quinze années que j'ai le bonheur de jouer cet instrument extraordinaire, et j'en suis le propriétaire depuis plus de deux ans. Il est un compagnon de tous les jours et mon double sur scène pour plus d'une centaine de concerts par an.

Lorsque j'interprète un concerto avec un orchestre symphonique, il a toujours cette capacité incroyable à sonner de façon longue et enveloppante, sans jamais vouloir « passer au-dessus » de l'orchestre. Jamais je ne demanderai à un orchestre de jouer moins fort de peur de ne pas être entendu. Car le timbre de cet instrument et sa personnalité sonore le font toujours se distinguer.

De même, en musique de chambre ou en récital, j'ouvre toujours grand le piano, confiant dans les capacités de ce violon merveilleux à se faufiler parmi les harmonies de ce dernier. La rencontre avec cet instrument fut l'une des plus fortes de ma vie de musicien. Souvent je compare la sonorité de ce violon à une neige fraîche venant de tomber. À la fois simple et légère, soyeuse et tendre. Parfois, j'aime la comparer à la texture d'un tissu : un cachemire mêlé de soie et d'un peu de velours. Parce que, pour un instrumentiste à cordes, la sonorité d'un instrument, sa fabrication, c'est un peu comme la recherche de son ADN : aller au plus profond de la connaissance de soi. Avec le Vicomte de Panette, j'ai le sentiment d'avoir à ma disposition une palette de couleurs infinie qui me donne accès à un monde imaginaire d'une grande richesse.

Chapitre 20

Pierre Bergé

Une matinée d'octobre 2010, je reçois un coup de fil du secrétariat de M. Pierre Bergé. Celui-ci souhaite nous convier, mon épouse et moi-même, à un dîner de la Fondation Saint Laurent. Ayant un concert à l'auditorium du Louvre avec la pianiste Khatia Buniatishvili le même soir, je décline poliment l'invitation.

Le lendemain matin, le même secrétaire m'appelle, renouvelant son invitation, et m'expliquant que Pierre Bergé serait heureux de nous recevoir pour le dessert après la représentation. Étonné par ce coup de fil et cette invitation, je retourne à mon violon et prépare le concert de la semaine suivante. Le jour dit, je sors de celui-ci à l'auditorium du Louvre, salue ma partenaire Khatia Buniatishvili – encore parfaitement inconnue en France – avant de rejoindre, en compagnie de mon épouse, la Fondation Bergé-Saint Laurent, avenue Marceau.

La salle était remplie et le dîner battait son plein. Il y avait là beaucoup d'amis de Pierre Bergé, dont Alain Minc et son épouse, qui allaient devenir des amis chers. On nous escorta jusqu'à la table de M. Bergé. Je l'avais brièvement rencontré lors d'un concert quelques années plus tôt – en 1999 – mais n'avais jamais échangé plus de deux mots avec lui. M. Bergé se leva et nous accueillit avec chaleur et gentillesse. Alors que je m'excusais du retard avec lequel nous arrivions, il me prit le bras : « Ne vous excusez pas, c'est moi qui ai insisté pour vous rencontrer. Asseyez-vous là. » On nous fit une place à côté de lui, et la conversation s'engagea. Il venait de terminer avec un succès retentissant la fameuse vente de la collection Bergé /Saint Laurent et m'annonça vouloir donner une forte somme d'argent pour la recherche et la médecine. Ce à quoi j'applaudis à deux mains. Il me parla de projets qu'il envisageait pour la musique. Je le félicitai à nouveau. Et il me répondit alors : « La musique, c'est vous. » Ne comprenant pas ce qu'il voulait dire, je déclarai de façon maladroite : « Oui, c'est vrai, je suis musicien et violoniste. » Il me coupa sèchement en me prenant le bras gauche et me dit alors : « Vous ne m'avez pas compris, je vous ai choisi. Présentez-moi des projets et je les financerai. » Je le remerciai, totalement abasourdi par ce que je venais d'entendre. Je partageai cette conversation avec ma femme dans la voiture, incrédule et fou de joie à la fois.

Dix jours après notre entrevue, je reçus un coup de fil de son assistant pour fixer un déjeuner. Ce fameux déjeuner eut lieu chez Hanawa, rue Bayard, comme presque tous les autres que nous avons eus – tous les deux mois environ – jusqu'à sa mort, en septembre 2018. Lors de ce premier déjeuner, il me dit, impatient : « Alors, avez-vous réfléchi ? » Je lui parlai timidement d'un projet de commande d'œuvres à des compositeurs.

J'étais allé voir Pierre Boulez et lui avais demandé conseil. Il m'avait recommandé Pascal Dusapin, Bruno Mantovani et Yan Maresz. Je soumis l'idée à M. Bergé. « Vous avez un budget ? » me dit-il. Intimidé, je me mis à bredouiller. Il m'interrompit à nouveau avec l'autorité et le ton dont tous ceux qui l'ont connu se souviennent si bien : « Écoutez, vous n'êtes pas venu me demander de l'argent ? » « Non », répondis-je. « C'est bien moi qui vous ai demandé de me faire des projets ? » « Oui », lui dis-je encore une fois. Et avec un sourire malicieux il me dit alors : « Soyons simples, présentez-moi votre budget et nous ferons de grandes choses ensemble. »

C'est ainsi qu'une amitié fidèle est née. Pierre est devenu mon ami et celui de Laurence, mon épouse. Il nous a invités dans sa résidence de

Saint-Rémy-de-Provence et du Maroc, la villa Oasis à Marrakech. Nous avons passé des heures à parler de musique, de politique, de littérature. Il vint m'écouter à Zurich dans le concerto de Mendelssohn, à Washington, en Bavière pour un concert des derniers quatuors de Beethoven. Jusqu'à la fin, il vint à mes concerts à la Philharmonie de Paris ou au théâtre des Champs-Élysées. Chaque année, il restait une semaine au festival de Pâques d'Aix-en-Provence, où il venait accompagné de Madison Cox, son dernier compagnon et son époux. Pierre finança comme il s'y était engagé les trois concertos que je commandais à Dusapin, Mantovani et Connesson. Tous les trois ont été enregistrés et font désormais partie du répertoire du violon.

Pierre était généreux et exclusif. Il avait ses amis et ses ennemis. Mais s'il vous avait choisi, vous étiez dans son cœur et faisiez partie de sa famille. Je lui dois beaucoup, et nos déjeuners chez Hanawa, nos discussions lors de dîners avec Laurence et Madison et sa présence me manquent. Il est apparu par miracle dans ma vie en 2010. Il est mort en 2018, et laisse un grand vide pour tous ceux qui l'ont aimé et respecté tout au long de sa vie.

Chapitre 21

Créations

En 1997, alors étudiant à la HDK de Berlin, je reçus par la poste à mon adresse, Bundesplatz, une enveloppe de grand format. Elle provenait de Paris. Son expéditeur était le compositeur Nicolas Bacri. Nous avions parlé d'une sonate pour violon seul. Fidèle à sa promesse, il m'envoyait un exemplaire dédicacé de la sonate même qui m'était dédiée.

Je me revois, devant la boîte aux lettres de mon appartement, décachetant l'enveloppe avec hâte et découvrant la partition du compositeur. Un sentiment de fierté s'empara de moi. Mais immédiatement après je fus saisi par une étonnante impression de mission à accomplir, de responsabilité vis-à-vis de cette œuvre à laquelle il fallait que je donne vie, et que j'allais être le premier à jouer et faire entendre.

Plus tard, je prendrais très à cœur ce processus de création et commanderais à de très nombreux compositeurs des œuvres pour violon et piano, des concertos et autres pièces de musique de chambre. L'été qui suivit, je passai une journée entière avec Nicolas Bacri, dans le cadre magnifique de l'abbaye de La Prée, au cœur du Berry, où lui-même était en résidence. La plupart du temps, un musicien classique joue des œuvres de compositeurs morts depuis plusieurs dizaines d'années, voire plusieurs siècles. Dans le processus de création, le compositeur est là, vivant et ouvert à toutes les questions que l'interprète peut poser. Il en résulte un échange passionnant et un éclairage unique sur l'œuvre à jouer. Après cette première expérience avec Nicolas Bacri, je rencontrai le compositeur Olivier Greif. Personnage inspiré et aussi élève d'Olivier Messiaen, il composa pour Jérôme Ducros, Henri Demarquette et moi-même un superbe trio. Par la suite, Olivier s'attacha à un concerto pour violon qui devait être prêt pour l'année 2000.

Il mourut subitement cette année-là, après avoir écrit plusieurs esquisses de ce concerto qu'il me destinait. Il avait cinquante ans – son inspiration et la singularité de sa composition auguraient d'une œuvre qui aurait pu être immense. Il laissa tout de même un concerto pour violoncelle, des mélodies, plusieurs œuvres de musique de chambre dont une sonate pour violon et piano et un cycle sublime : *L'Office des naufragés*, créé à

Berlin. Tous ceux qui ont connu Olivier Greif étaient sûrs de son immense talent.

Lors de mes séjours à Lockenhaus, au festival de Gidon Kremer, j'étais frappé par le nombre de pièces que l'inimitable et insatiable violoniste créait chaque jour. C'était Kancheli, ou Vasks ou encore Tüür. À la suite de ce festival de 1999, je décidai, à mon tour et avec mes propres moyens, de me lancer dans l'aventure de la création.

Depuis, près de vingt ans se sont écoulés, et j'ai le bonheur d'avoir créé des œuvres de Thierry Escaich (concertos et sextuors), Erkki-Sven Tüür (duo), Jorg Widmann (duo et sonate), Éric Tanguy (duos), Karol Beffa (duos, quatuors et concertos), Pascal Dusapin (sonate, concertos), Guillaume Gonnesson (concertos), Wolfgang Rhim (concerto), Bruno Mantovani (concerto).

Je viens de créer, au Suntory Hall de Tokyo, un concerto de Michel Jarrell, puis le jeune Benjamin Attahir m'a écrit un concerto que nous jouerons avec Daniel Barenboïm et son Orchestre de Berlin. Yan Maresz également écrira bientôt pour moi. Puis il y aura un concerto de Thierry Escaich, et un autre de la jeune Camille Pépin. J'ai pris goût très vite à cette musique d'aujourd'hui. Et j'aime jouer des compositeurs aussi différents stylistiquement que Beffa et Dusapin ou Connesson et Jarrell.

Le discours musical est pour moi le plus important. Les rencontres avec tous ceux avec qui je collabore sont parfois cocasses : avec le compositeur et clarinettiste Jorg Widmann, nous étions invités au festival de musique de chambre d'Oxford. Un soir où nous allions tous dîner au restaurant, le SUV qui nous transportait ne comptant pas assez de places, nous nous sommes, Jörg et moi, accroupis dans le coffre de la voiture. Riant à gorge déployée, nous fîmes connaissance dans cette posture inhabituelle, et une amitié fidèle nous lie depuis ce jour. Il m'écrivit une merveilleuse sonate pour violon et piano baptisée *Sonate d'été*, en hommage à la sonate *Le Printemps* de Beethoven.

La veille de la création, les pages arrivaient une par une sur le vieux fax du studio du pianiste Frank Braley. Toutes les vingt minutes, une nouvelle page sortait de la machine. Le matin, nous devions partir pour Bonn, après avoir travaillé toute la nuit. La création avait lieu le soir même, et Widmann était là, les yeux cernés mais brillants. Il avait avec lui une vingtaine de pages supplémentaires. Il s'excusa mais se trouvait tellement excité qu'il était très inspiré. C'est cela aussi, la création : parfois elle se fait dans l'urgence. Mais le moment du concert et de la découverte de la pièce est toujours magique.

Je jouais aussi des œuvres déjà créées par d'autres violonistes en les travaillant avec le compositeur. C'est ainsi que j'eus le privilège de travailler le concerto *L'Arbre des songes* du grand compositeur français Henri Dutilleux, avec lui. Nous avions eu plusieurs séances de travail dans son appartement de l'île Saint-Louis. Il était d'une immense gentillesse et d'un grand respect pour ses interprètes.

Lorsque j'enregistrai, avec Myung-whun Chung et l'Orchestre philharmonique de Radio France, ce concerto en 2000 à la salle Pleyel, il était présent pour les séances d'enregistrement après le concert. À une question de nuance que nous lui posions, le chef et moi, il répondit : « C'est vrai que c'est ce que j'ai voulu quand je l'ai écrit en 1985 pour Isaac Stern, mais aujourd'hui, je préfère votre nuance. Nous allons donc l'adopter ». Dutilleux nous quitta en 2015. Il aurait eu cent ans en 2016.

Jusqu'à la fin, il resta concentré sur sa musique. Il allait très souvent au concert, et la France ne lui a pas rendu l'hommage qui lui était dû à sa mort. Il reste, pour tous les amoureux de la musique, l'un des plus grands compositeurs français avec Ravel, Debussy et Messiaen. Son concerto *L'Arbre des songes* est à mon répertoire depuis les années 2000, et je l'ai joué depuis très régulièrement dans le monde entier. C'est une œuvre d'une grande poésie, un concerto figurant au répertoire de tous les solistes désormais.

En 2015, pour l'ouverture officielle de la Philharmonie de Paris, j'étais invité à jouer sa pièce *Sur un même accord* (écrite pour Anne-Sophie Mutter) avec l'Orchestre de Paris. J'acceptais cette invitation à jouer pour le premier concert jamais donné dans ce lieu. La veille de la répétition, les ouvriers s'activaient partout pour régler les derniers détails. L'odeur de plâtre, de peinture fraîche prenait à la gorge. Mais la découverte de cette acoustique superbe – l'une des plus belles d'Europe – était stimulante et l'excitation à son comble.

Des événements tragiques donnèrent à cette Philharmonie une aura toute particulière : le 7 janvier, une attaque terroriste frappa les locaux du journal *Charlie Hebdo* à Paris, et le 9 janvier, une prise d'otages eut lieu à l'hypercasher de la porte de Vincennes. Le monde entier fut sous le choc de cette attaque barbare et d'une cruauté sans précédent. J'étais à Vienne à ce moment-là pour créer la pièce que m'avait écrite Wolfgang Rhim avec l'Orchestre symphonique de Vienne et Philippe Jordan. Ensemble, nous avons, comme des millions de gens à travers le monde, dit et pensé : « Nous sommes tous Charlie. » Je suis allé marcher devant l'ambassade de France, en mémoire de toutes ces personnes fauchées en pleine vie.

Une semaine plus tard, à Paris cette fois, j'étais sur scène pour jouer cette pièce de Dutilleux.

À l'arrivée du président François Hollande, la salle se leva comme un seul homme, et un silence lourd emplit l'espace, un silence républicain d'hommage aux victimes. Je fus moi-même très honoré de pouvoir faire résonner la toute première note dans cette salle et d'être aussi le tout premier soliste à avoir jamais joué dans ce lieu devenu immédiatement l'un des préférés des musiciens et du public.

Pierre Boulez, qui avait rêvé toute sa vie d'une telle salle, sera trop diminué physiquement pour en découvrir l'acoustique.

Nous devons à Pierre Boulez, si souvent critiqué en France, et adoré à l'étranger, l'existence de l'IRCAM et de la Cité de la musique, puis de la Philharmonie. Maintes fois reporté, le projet de cette sublime grande salle parisienne vit finalement le jour. Sans la volonté, la détermination et la passion de Pierre Boulez, elle n'aurait pas pu exister.

Cet homme, souvent décrit comme autoritaire et froid, était en réalité d'une immense gentillesse. J'eus le privilège de jouer et de travailler avec lui le concerto *À la mémoire d'un ange* d'Alban Berg. La séance de travail eut lieu à Paris, et ses conseils sur cette œuvre résonnent encore en moi. Il m'avait demandé alors d'apprendre le concerto de Schönberg. Ne l'ayant pas fait à l'époque – et je le regrette amèrement aujourd'hui –, je le jouerais dans quelques années, en pensant à ce grand monsieur. Au-delà d'un immense compositeur et chef d'orchestre, il aura été un personnage essentiel dans le développement de la musique en France durant ces cinquante dernières années. Nous lui devons tous, aujourd'hui, de pouvoir jouer ou écouter de la musique dans cette salle de la Philharmonie de Paris et d'avoir, en permanence, fait bouger les lignes pour que la musique contemporaine de notre pays se développe dans les meilleures conditions.

CHAPITRE 22

Le violon du juste

En 2014, je décidai de créer un quatuor à cordes afin de jouer les derniers quatuors de Beethoven. Le quatuor à cordes est une forme très complexe qui demande un travail colossal. On entre dans un quatuor comme on entre en religion. Les quatuors constitués – dont les plus fameux sont les Amadeus, Hagen, Guarneri – y consacrent leur vie entière (ou presque). Cette formation (deux violons, un alto et un violoncelle) symbolise l'équilibre parfait, et les plus grands compositeurs – Beethoven bien sûr, mais aussi Schubert, Mozart, Brahms, ou Bartók – écrivirent leurs plus beaux chefs-d'œuvre pour cette entité à quatre. C'est après avoir lu la biographie exceptionnelle en deux volumes consacrée à Adolf Busch, par Tully Potter, que je décidai de créer un vrai quatuor.

Dans le même temps, j'imaginai un hommage à Adolf Busch, demandant à la maison de disques

Warner de republier tous les enregistrements du violoniste en un seul coffret, et à mon ami André Tubeuf d'écrire une biographie simplifiée du grand musicien. André est un être exceptionnel ; professeur de philosophie, il est aussi écrivain et passionné de musique. Il était devenu très proche de Rudolf Serkin, pianiste de génie et gendre d'Adolf Busch. Il accepta avec enthousiasme de relever le défi, et c'est chez Actes Sud que le livre *Le Premier des justes* fut publié. En outre, je planifiai, pour le Wigmore Hall de Londres, une série de concerts reprenant le programme de ceux donnés par le violoniste et son quatuor dans les années 1930. Un cycle entier fut également réalisé au Musikverein de Vienne, en hommage au violoniste qui s'y était produit à de nombreuses reprises.

Adolf Busch, c'est ce musicien allemand devenu célèbre dans les années 1930, star du violon dans son pays. Personnage haut en couleur et adoré des siens, il fut l'un des premiers à résister à Hitler dès 1933. À peine les premières lois anti-juives avaient-elles été instaurées qu'Adolf Busch refusa de jouer lors du festival Brahms à Hambourg, en 1933. Il avait décidé de jouer avec R. Serkin, un pianiste juif, ou de ne pas jouer du tout. On proposa à Adolf Busch de changer de pianiste. Sa décision fut claire et nette. Il refusa la proposition, annula le concert et quitta l'Allemagne. Il partit vivre près de Bâle, à Riehen, et poursuivit sa carrière plus tard aux États-Unis, où il vécut jusqu'à sa mort. Il créera un festival dans un petit village du nord des États-Unis, celui de Marlboro, qui perdure encore, et où l'éthique musicale, la rigueur et le respect du texte sont toujours appliqués de manière fidèle. C'est Serkin qui reprendra à son tour le festival à la mort de Busch, en 1952.

J'ai été fasciné par le destin de cet homme. Par sa droiture, son éloquence. Son courage. Comment, au sommet de sa gloire avant-guerre, a-t-il pu refuser tous les honneurs proposés par le IIIe Reich pour suivre son instinct, son idéal et sa ligne de vie ? Il fut l'un des maîtres de Yehudi Menuhin dans ses années d'exil en Suisse, et le jeune violoniste, juste après avoir travaillé avec le géant Enesco, prendra à la source les conseils de ce grand musicien, détenteur de la tradition germano-autrichienne. Busch était la référence pour Bach, Beethoven, Schubert, Brahms. En me replongeant dans ses enregistrements des quatuors de Beethoven, surtout les derniers, je fus saisi par l'intensité et la grandeur d'âme de ce musicien. Sa *Fantaisie* de Schubert avec R. Serkin est un monument.

Un matin, c'était décidé, j'allais moi aussi créer un quatuor pour jouer ce dernier Beethoven et j'imaginais dès lors avec qui je pourrais relever ce défi en rendant hommage à Adolf Busch. La rencontre avec le violoncelliste Edgar Moreau se fit dans un café parisien, place du Trocadéro. Je fus immédiatement impressionné par sa maturité et son intelligence. Son talent musical ne m'était pas inconnu. J'évoquais avec lui ce projet de quatuor d'hommage à Adolf Busch. Enthousiaste, il accepta sur-le-champ. Pour l'alto, je pensais à Adrien La Marca, à peine plus âgé que Moreau, à la sonorité riche et pleine. Influencé par la patte sonore de Gérard Caussé, j'ai toujours préféré les sonorités d'alto qui lui ressemblent.

En parlant d'Adrien à Edgar, je compris très vite qu'ils étaient très bons amis et que cela leur faisait plaisir de travailler ensemble. Tous trois, nous évoquâmes le choix crucial du second violon. D'une même voix, les deux jeunes musiciens me parlèrent alors de Guillaume Chilemme, un violoniste toulousain de vingt-huit ans, prix Marguerite Long-Jacques Thibaud et merveilleux chambriste. J'insistai sur l'aspect humain, ne connaissant pas ce jeune musicien. Leur réponse fut si convaincante que je compris que nous avions notre dernier complice. Il faudrait maintenant le convaincre. J'organisai alors, à la Fondation Polignac, avenue Georges-Mandel, une première rencontre avec lui. Guillaume Chilemme était exactement tel que l'avaient décrit ses deux compères. Réservé, de nature presque timide, il se révélait au violon comme une personnalité exceptionnelle (qu'il est d'ailleurs dans la vie). Ayant lui-même beaucoup joué en quatuor auparavant, et fasciné par cette formation, il se révéla être le vrai « meneur » de nos répétitions.

Après avoir « lu » quelques quatuors, et parlé largement du projet, nous étions désormais liés par cette même envie : jouer ensemble, travailler quelques-uns des plus grands chefs-d'œuvre du répertoire du quatuor, dont ceux de Beethoven. Cette expérience qui devait durer trois ans, comme le « projet Adolf Bush », se prolongea naturellement, tant nous devînmes amis ; nous partageons désormais la scène régulièrement depuis 2015.

En jouant les derniers opus des quatuors de Beethoven – notamment l'op. 131 ou 132 –, je réalisai les monuments auxquels nous faisions face. J'eus le plus gros trac de ma vie lors de notre tout premier concert de quatuor, fin 2015 en Bavière. Nous avions choisi l'opus 131 de Beethoven et le dernier quatuor de Schubert. Depuis ce jour, j'éprouve encore plus d'admiration pour les musiciens des quatuors constitués. Je connais désormais la difficulté de cette formation. Ensemble, nous venons d'enregistrer les deux quintettes de Brahms avec Gérard Caussé et continuons notre exploration du répertoire, à notre rythme, mais mus par la même passion et le même désir : celui de découvrir cet univers impérial du quatuor à cordes.

Chapitre 23

Les copains d'abord

La vie m'a donné la chance de croiser des musiciens extraordinaires. Certains d'entre eux sont devenus des amis, des proches. D'autres ne sont plus de ce monde. Mais j'ai appris de chacun d'entre eux.

Au Conservatoire, je jouais en sonate avec un jeune pianiste marseillais, de cinq ans mon aîné, qui allait devenir un vrai partenaire de musique et aussi mon meilleur ami de l'époque. Michaël Dian, ancien élève de Pierre Barbizet, avait déjà ce sens de la forme et cette maîtrise de la musique et du verbe qui ne l'ont plus quitté. Ensemble, nous rêvions de reformer le duo Ferras/Barbizet. C'est avec lui que je fis mes premiers concerts, mon audition avec Abbado et mon premier récital à Verbier, en 1996. Mais, surtout, il était un véritable coach. Nous avons participé à une merveilleuse master class d'une semaine au château de Villarceaux, en Île-de-France, aux côtés du violoncelliste Janos

Starker, semaine consacrée à Beethoven. Cette rencontre nous permit de jouer pour lui la septième sonate, le concerto pour violon et le trio des *Esprits*, avec un jeune celliste du Conservatoire. Michaël avait créé dès 1997 le festival de Chaillol, dans les Alpes-de-Haute-Provence, et y a inventé un événement hors norme. Par la suite, il se consacra à l'enseignement, et notre duo s'arrêta.

Dans les années 1998-1999, je rencontrerais trois pianistes qui jusqu'à aujourd'hui partagent la scène avec moi. Jérôme Ducros, vieux complice de toutes les aventures, avec qui j'ai donné des récitals dans le monde entier, venait de remporter le deuxième prix du concours Umberto Micheli à Milan, présidé par Pollini. C'est ensemble que nous avons enregistré notre premier disque consacré à Franz Schubert – dont la sublime *Fantaisie*. Compositeur, Jérôme a écrit de nombreuses œuvres et joue également très souvent avec Philippe Jaroussky. C'est l'une des rencontres que je suis fier d'avoir initiée : c'était lors d'une édition des Rencontres de Bel-Air. J'ai suggéré Ducros à Jaroussky pour un récital, et ils ne se sont plus quittés.

Avec Nicholas Angelich, la rencontre s'est faite au Conservatoire autour de Brahms et Schumann. Il est pour moi l'un des plus grands pianistes d'aujourd'hui. Ensemble, nous avons donné plusieurs fois l'intégrale de la musique de chambre de

Brahms et de nombreuses autres œuvres. Né à Cincinnati, aux États-Unis, de parents musiciens – son père jouait au sein de l'Orchestre de Cincinnati et sa mère lui enseigna le piano –, il fut élève d'Aldo Ciccolini et d'Yvonne Loriod au Conservatoire. Cet homme imposant, au toucher de velours, est un musicien-né. À chacune de nos retrouvailles sur scène, la magie opère immédiatement. Son jeu est à la fois tendre et puissant, ferme et agile. Passionné de musique de chambre, il est un partenaire idéal.

En 1998, je rencontrai Frank Braley à La Baule, lors des moments musicaux de l'Hermitage dirigés par René Martin. Frank venait de remporter le prix du concours Reine Élisabeth à Bruxelles, et notre différence d'âge ne fut pas un obstacle à notre entente. D'une nature intellectuelle proche de celle de mon premier pianiste Michaël Dian, Frank était toujours très précis en répétition. Ensemble, nous avons joué et enregistré l'intégrale des sonates de Beethoven et d'autres répertoires, notamment les trios de Schubert. L'aventure Beethoven nous amena à jouer l'intégrale des dix sonates dans le monde entier.

Nous venons d'enregistrer ensemble les trios *Les Esprits* et *L'Archiduc* de Beethoven avec mon frère Gautier. Depuis quelques années, j'ai fait la connaissance de plusieurs pianistes avec qui je partage la scène avec bonheur : Bertrand Chamayou, David Fray ou Guillaume Bellom. Tous trois français et merveilleux partenaires sur scène. Avec David Fray, nous avons beaucoup joué Bach, mais aussi Beethoven et Schubert. Il est un pianiste ultra sensible et un musicien intransigeant menant une très belle carrière. Avec Bertrand Chamayou, au toucher délié et au jeu si reconnaissable, l'envie d'interpréter le répertoire français prend le dessus sur le reste et nous avons de nombreux projets ensemble. Quant au plus jeune, Guillaume Bellom, qui a l'âge d'être mon fils, nous avons beaucoup joué ces cinq dernières années des répertoires variés. Il est plein de promesses. Il est également violoniste (il a remporté les prix de piano et de violon au Conservatoire) et cela crée une entente de jeu certaine.

Récemment, j'ai donné un récital avec l'un de mes héros : András Schiff. Il joue du piano avec un savoir, des couleurs et un sens du toucher rares. Sa sagesse, sa droiture me font penser à Adolf Busch. C'est un immense honneur de jouer avec lui.

L'une des plus belles rencontres de ma vie de musicien est aussi celle avec Khatia Buniatishvili. En 2009 – dix ans déjà –, elle était une très jeune pianiste au festival de Lugano. Très vite, je lui proposai une collaboration, et notre entente ne s'est jamais démentie. Nous avons joué ensemble Enesco, Grieg, Dvorak, Beethoven, Schubert, Franck. Khatia a un immense talent, elle est généreuse et attentive aux autres. Son succès récent auprès du grand public ne doit pas faire oublier la jeune fille que j'ai connue, chaleureuse, humaine et facétieuse. À chacun de ses passages à la télévision, je revois celle qu'elle était lorsque nous nous sommes rencontrés et suis très impressionné par le développement de sa fabuleuse carrière. Elle est très importante à mes yeux.

Daniil Trifonov, jeune pianiste lauréat du prix Tchaïkovski en 2011, m'a aussi fortement impressionné. Ensemble, nous avons joué Debussy, Schubert, Franck, Bach en récital et le trio de Tchaïkovski avec Clemens Hagen. Nous rejouerons ensemble en 2021.

Avec Hélène Grimaud, j'ai aussi donné plusieurs récitals dans les années 2000. Elle fait partie des premiers musiciens à m'avoir fait confiance, alors que j'étais très jeune. Nous avons toujours beaucoup de plaisir à nous retrouver et à jouer ensemble. Elle vit aux États-Unis et reste l'une des musiciennes préférées des Français.

Je viens tout juste d'enregistrer également l'intégrale des seize sonates de Mozart avec Kit Armstrong. Véritable enfant prodige, il a été « adopté » musicalement très jeune par Alfred Brendel. Il a cette liberté de jeu dans Mozart qui me donne des ailes, et nous avons de nombreux projets ensemble. Sans oublier le plus américain (il vit à Los Angeles) des pianistes français, Jean-Yves

Thibaudet, éblouissant de virtuosité et de panache, avec qui j'ai de nombreuses fois partagé la scène.

Et puis tous les musiciens avec qui j'ai partagé la scène en musique de chambre : les amis Emmanuel Pahud, Paul Meyer, David Kadouch, Francesco Piemontesi, ou encore Béatrice Muthelet et Aki Saulière, qui sont des sœurs de musique pour moi.

CHAPITRE 24

7.57 am-pm

En 2009, le réalisateur Simon Lelouch – fils de Claude – me contacta pour me proposer un projet. Il avait lu l'article du *Washington Post* consacré à une expérience faite par le violoniste Joshua Bell, et voulait la reproduire avec moi en vue d'un court-métrage. L'idée était la suivante : le journal avait demandé à Joshua Bell de jouer dans le métro, habillé simplement, alors qu'il venait de donner un récital à guichets fermés au Kennedy Center. Il avait recueilli quelques pièces de monnaie, et personne n'avait reconnu ou semblé apprécier le fait que ce violoniste de haut niveau puisse jouer dans le métro. Simon Lelouch me demanda de faire la même chose à Paris. Il me filma dans le métro, en caméra visible, puis en caméra cachée.

J'attendais, seul sur le quai de la station Bir-Hakeim, que la rame où étaient cachés les cameramen arrive, quand un violoniste, visiblement « chez lui » dans le métro, vint vers moi l'air inquisiteur :

« T'es qui toi ? » me dit-il, me voyant avec un violon entre les mains. Ma réponse fut brève : « Je ne fais que passer », lui répondis-je, pas très rassuré… Alors, il me demanda de jouer un peu ; je m'exécutai, et c'est ainsi que j'auditionnai pour un musicien du métro, qui m'interrompit subitement et me dit : « C'est bon, tu peux rester. » C'est dire à quel point les musiciens qui jouent dans le métro se connaissent et sont organisés. Je n'étais clairement pas censé me produire sur ce quai, et on me l'avait fait savoir. La rame arriva, et je pénétrai dans le wagon, tâchant de trouver un espace libre. Là, je commençai à jouer, filmé en caméra cachée par Simon et un autre de ses complices.

J'entamai la *Mélodie d'Orphée* de Gluck, une pièce lente, douce et mélancolique. Je remarquai à quel point ma musique agaçait, perturbait, ou même énervait les passagers de cette rame, qui n'avaient que faire d'entendre de la musique classique à 11 heures du matin. Bien sûr, personne ne me reconnut, et je réalisai ce jour-là à quel point le moment, le lieu où nous entendons de la musique est important. Lorsque nous nous rendons à un concert, nous sommes « prêts » à écouter de la musique, conditionné à l'idée d'entendre un pianiste, un chanteur ou un orchestre. Mais alors que nous sommes occupés à autre chose, ou simplement dans le métro, en proie aux soucis du quotidien ou simplement plongés dans le journal, nous ne sommes pas « disposés » à l'écoute de la musique.

Simon filma aussi l'un de mes concerts au théâtre des Champs-Élysées à Paris. J'y interprétais la même mélodie, après avoir joué avec la Staatskapelle de Dresde et Daniel Harding le concerto de Schumann dans une salle comble. L'attention du public était intense. Plus de 1 000 personnes écoutaient religieusement la même pièce jouée par le même violoniste qui n'avait même pas suscité l'intérêt de plus de trois ou quatre âmes charitables dans le métro. Ce court-métrage s'intitule *7.57 am-pm*. Ce fut une belle aventure, une leçon d'humilité.

Chapitre 25

Ombre et lumière

C'est en 1999 que je rencontrai Philippe Labro pour la première fois. Il m'avait convié à participer à son émission « Ombre et lumière », pour un entretien intense de trente minutes sur France 3. Il fut l'un des premiers à s'intéresser à mon parcours de violoniste alors que je n'étais qu'un jeune musicien inconnu. Quelqu'un avait dû lui parler de ce petit Français, violon solo du Gustav Mahler Chamber Orchestra, qui se débrouillait pas mal sous la baguette de Claudio Abbado au festival de Salzbourg, et il avait voulu me rencontrer.

Très vite, nous sommes devenus amis. J'ai découvert l'homme de littérature, le journaliste, l'homme des médias et sa grande sensibilité. J'ai aussi eu le bonheur de rencontrer son épouse Françoise, au regard malicieux et au jugement si juste sur les gens et les événements de la vie. On dit souvent qu'à côté de tout grand homme, il y a une grande femme : Françoise l'est assurément !

Philippe Labro a eu mille vies, au cinéma, à la télévision, à la radio. Il a écrit de nombreux livres au succès immense. Et, malgré cette aura impressionnante, j'ai toujours été touché par son authenticité et son attention à mon égard. Il m'a entouré de son affection, fort de cette volonté d'aider les jeunes talents dont il a fait preuve tout au long de sa carrière. Il me surnomme affectueusement « Capuccino » et je ne manque jamais de lui donner du « Labroccino » quand nous nous retrouvons pour des déjeuners complices et chaleureux.

Philippe a su surmonter une sévère dépression alors que tout semblait aller si bien pour lui – il était grand patron de RTL. Il a magnifiquement décrit cette épreuve et la force qu'il lui a fallu pour en ressortir dans son livre *Tomber sept fois, se relever huit.* Ses leçons de vie m'ont beaucoup apporté.

Philippe est passionné par l'actualité et fait preuve d'un idéalisme insubmersible. Notre amitié ne s'est jamais démentie : cette complicité nous donne la possibilité de tout nous dire. Il fut à mes côtés lorsque ma vie sentimentale tanguait, quelques années avant de rencontrer la femme de ma vie. Ses conseils m'ont été précieux, et m'ont nourri, tant au plan culturel que spirituel.

Chapitre 26

Thème et variations

Après la fin de l'aventure extraordinaire de Bel-Air qui dura quinze ans, je fus assez vite repris par le virus de la programmation.

Je rêvais secrètement d'un festival de Pâques et imaginai un projet pour le proposer à Évian. La salle de concert « la Grange au lac », conçue par le génial Patrick Bouchain pour Rostropovitch, était un lieu idéal (elle est entièrement en bois et sonne à merveille) pour y planter le décor de mon nouveau projet. J'avais rencontré, grâce à un ami fidèle, Michel Lucas, président du Crédit mutuel/CIC, et celui-ci s'était engagé à me suivre dans cette aventure du festival de Pâques. Je m'envolai pour une tournée aux États-Unis, très excité par ce nouveau projet que je comptais présenter à Évian dès mon retour en France.

Un soir où je lisais *L'Express* dans la chambre de mon hôtel en Caroline du Nord, mon œil fut attiré par un entrefilet qui disait : « Valery Gergiev sera le futur directeur artistique des rencontres musicales d'Évian ». N'en croyant pas mes yeux, désemparé, je fus rempli d'une grande déception. Mon projet du Festival de Pâques à Évian tombait à l'eau. Mais quelques secondes plus tard, je me munissais d'une carte de France et observais notre beau pays de haut en bas et de gauche à droite, cherchant le lieu idéal pour y créer ce nouveau Festival de Pâques. Quelques secondes plus tard, la ville d'Aix en Provence semblait clignoter devant moi. C'était évident. Aix. La sublime ville culturelle du Sud. La ville du festival d'art lyrique. Ce serait Aix, la ville de mon festival de Pâques alors imaginaire. Immédiatement, je pensais à Salzbourg, à son festival d'été, à celui de Pâques, créé par Herbert von Karajan. Plein d'ardeur, je m'apprêtai à annoncer la bonne nouvelle à Laurence, quand je comprenais qu'il était 5 heures du matin à Paris.

De retour dans la capitale, je soumettais mon idée à Michel Lucas, espérant qu'il ne change pas d'avis si le festival ne prenait pas place à Évian. Par chance, l'idée d'Aix lui convenait encore mieux : il aimait cette ville et la connaissait fort bien puisque sa femme en était originaire. Fort de ce soutien de mécénat, il me fallait désormais contacter les bonnes personnes à Aix en Provence.

Sur les conseils de Laurence, j'appelai, un jour de février au milieu de l'après-midi, le directeur du Grand Théâtre de Provence : Dominique Bluzet. Ne l'ayant jamais rencontré, je lui exposai brièvement au téléphone mon idée de festival de Pâques à Aix-en-Provence. Étonné mais intéressé, Dominique Bluzet me proposa un rendez-vous pour en parler. C'est ainsi que le festival de Pâques vit le jour en 2013. Quelques mois plus tard, j'apprenais que Valery Gergiev ne ferait rien à Évian. Qu'à cela ne tienne, il m'avait permis de réaliser mon rêve à Aix-en-Provence !

La rencontre avec Dominique Bluzet fut immédiatement enthousiasmante et exaltante. Dominique est un homme de théâtre, entreprenant et rempli d'une énergie communicative. Il a toujours mille projets en tête, et nous nous sommes immédiatement entendus sur les grandes lignes de ce qui allait devenir le festival de Pâques d'Aix-en-Provence. Les équipes qui travaillent auprès de lui sont exceptionnelles. Et passionnées, comme lui.

Voilà huit ans que ce festival existe, et j'ai un vrai sentiment de fierté en repensant à cette aventure. Fort du soutien sans faille du CIC, dirigé aujourd'hui par Nicolas Théry, nous avons réussi tous ensemble à réaliser un rêve. Dès la première édition, en 2013, le public a répondu présent, et tous mes amis musiciens ont accepté de relever ce défi. Gidon Kremer, Alfred Brendel, Mathias Goerne, Radu Lupu, Valery Gergiev, Hélène Grimaud ou les sœurs Labèque ont porté ce festival sur les fonts baptismaux. Grâce à eux, une exceptionnelle aventure musicale et humaine était née.

En 2015, mon amie Aline Foriel-Destezet, une femme exceptionnelle, d'une grande générosité, et amoureuse de la musique me proposa pour prendre la direction artistique du festival, orphelin de son directeur Thierry Scherz, disparu prématurément. Je connaissais Gstaad pour y avoir joué plusieurs fois dans le cadre du festival Menuhin (qui y avait fondé un festival d'été et y résidait dans un chalet d'alpage). Sont-ce les réminiscences de mes séjours de neige en montagne aux Arcs ? Je me suis immédiatement senti en terrain familier à Gstaad. Depuis 2016, avec notre présidente Vera Michalski, Ombretta Ravessoud et Jean-Pierre Mori, nous bâtissons ensemble l'histoire de ce festival d'hiver, et il faut avoir vécu les concerts à l'église de Saanen, sous la neige, pour comprendre ce que je ressens : l'impression de revenir en enfance.

Chaque hiver, fin janvier début février, nous invitons à Gstaad des musiciens que nous imaginons heureux de jouer dans ces églises splendides de Saanen et Rougemont. Chaque soir, portés par le spectacle magique des montagnes et du rideau de neige, les artistes vivent des moments d'exception.

Une semaine à Gstaad en hiver, quinze jours à Aix au printemps : mes saisons sont rythmées par ces deux temps forts musicaux.

Chapitre 27

11 novembre

C'était un événement historique.

Le centenaire de la fin de la guerre 1914-1918, en ce 11 novembre 2018, allait voir Paris honoré de la visite de 82 chefs d'État. C'est sous l'Arc de triomphe qu'eut lieu la cérémonie. Sous un ciel de novembre, avec une pluie battante, la France se souvenait.

Invité à jouer une œuvre de Ravel pendant cette commémoration, je réalisai, dès la répétition la veille avec le violoncelliste Yo-Yo Ma, l'importance de cet hommage de la nation tout entière. Il y a d'abord ce lieu : l'Arc de triomphe n'est pas seulement imposant, c'est un monument intimidant. Avec Yo-Yo Ma, nous avions choisi de jouer un extrait de la sonate pour violon et violoncelle de Maurice Ravel. Ravel qui, lui-même, avait pris part à cette Grande Guerre. Le mouvement lent que nous avions choisi est d'une grande intensité tout en étant aussi austère que les circonstances l'exigeaient.

Yo-Yo Ma est une exception dans la musique classique. Véritable star de son instrument (le violoncelle), il est un des rares musiciens classiques à rayonner dans tous les cercles de la société. Très actif parmi les jeunes et les publics différents de ceux de ses salles de concerts, il joue avec le même bonheur pour le président Obama que pour une classe d'enfants dans le Bronx. Il est aussi à l'aise dans Brahms ou Beethoven que dans la musique de film ou la musique traditionnelle. Jouer avec lui, en ce jour d'hommage, en ce jour de souvenir, était tout un symbole.

Yo-Yo est né à Paris – son français est impeccable – de parents chinois. Il a étudié puis vécu aux États-Unis où il réside. À lui seul, il représente déjà trois continents. Pour moi, il est l'un des meilleurs musiciens du monde. Il jouait avec Isaac Stern, dont je joue aujourd'hui le violon. Lui-même joue le violoncelle de Jacqueline Dupré, la grande violoncelliste disparue trop tôt des suites d'une sclérose en plaques.

Les répétitions la veille sont l'occasion de tester l'acoustique (nous sommes en plein air, abrités par une toile transparente), les micros et de marquer nos places. Tout est millimétré et chronométré pour cette matinée du 11 novembre. Ce matin-là, nous partons assez tôt de notre domicile pour pouvoir accéder sans trop de problèmes à la place de l'Arc de triomphe malgré les barrages de police. Depuis la loge – un préfabriqué donnant sur l'avenue Foch –, j'allais voir arriver les 82 chefs d'État et autres membres de gouvernements. Mais, surtout, dans une mise en scène quasi cinématographique, l'arrivée des deux limousines des présidents Trump et Poutine. Chacune attendant le dernier moment pour qu'en sorte leur président. Retransmise en mondiovision, la cérémonie allait ainsi commencer.

Face à nous, l'immense avenue des Champs-Élysées, et, de chaque côté de la tombe du Soldat inconnu, deux gradins où avaient pris place les 82 chefs d'État et autres personnalités. À la suite du discours du président Macron, et juste après que Yo-Yo Ma eut joué un extrait d'une suite de Bach, nous devions jouer notre court extrait de la sonate de Ravel. Ces quatre minutes, je les ai vécues comme si elles avaient duré une éternité. Arrivés à nos places sous un parapluie, et attendant quelques minutes que les discours des enfants qui nous précédaient soient terminés, nous réalisions la solennité du moment. Devant nous, cette avenue des Champs-Élysées vide, sous un ciel gris et une pluie fine. En cette journée d'hommage, d'un côté et de l'autre se faisaient face les leaders de tous les pays du monde.

Dès la première note, le poids de l'instant, la puissance de l'hommage et la solennité de la cérémonie m'envahirent. Je n'étais plus un violoniste qui jouait du Ravel, mais un Français rendant hommage, sous cet Arc de triomphe écrasant, à tous ces hommes et ces femmes morts pour leur pays. Ce n'était pas du trac, c'était une force sourde et puissante qui semblait me prendre par la main. J'étais entre le stress du premier concert et l'élévation de ce moment hors du temps.

À deux mètres de nous, la chancelière Merkel, les présidents Trump, Poutine, Macron, les Premiers ministres Netanyahou, Trudeau, et tous les autres vivaient à l'unisson ce moment de musique. Ces quatre minutes furent hors du temps. Gravées à jamais dans mon esprit et dans mon âme. Chaque fois que j'ai eu l'honneur de jouer pour mon pays, j'ai ressenti ce même poids sur les épaules. Mais en ce 11 novembre 2018, c'était le poids de l'Histoire. Et nous nous devions d'en être dignes et reconnaissants.

Chapitre 28

Le sens des mots

Assis dans un fauteuil du théâtre de la Porte-Saint-Martin, j'attends l'entrée de Fabrice Luchini. Je suis venu à son spectacle sur les écrivains et l'argent : Marx, Zola, Péguy – admirable texte –, puis Hugo et La Fontaine.

Luchini semble jongler avec les mots en marchant sur un fil. Il y a des moments de tension, lorsqu'il emmène le spectateur dans son monde intérieur : celui de la connaissance du texte. Ces moments où les mots, tantôt scandés, tantôt susurrés, réveillent en chacun de nous des sensations différentes. Et ces moments où il semble prendre le contrôle de la salle entière par sa drôlerie et son sens de la formule, ses imitations et autres improvisations qui n'appartiennent qu'à lui. Ce sont deux heures de bonheur intellectuel et de pédagogie intense, ancrées dans un spectacle attrayant et jubilatoire.

J'aime son exaltation et le plaisir qu'il a, mi-naïf, mi-taquin, à s'étonner du succès public de ses spectacles, complets pendant des mois entiers. En écoutant Luchini ce soir-là, j'ai perçu ce silence entre des mots et des phrases enlacés. J'ai senti ces quelque 1 200 âmes suspendues aux lèvres d'un seul homme contant de grands auteurs français avec passion et délectation.

Depuis des années, ce sont des milliers de Français qui assistent, curieux et enthousiastes, aux lectures de ce grand artiste, amoureux des mots et des lettres. Et si doué pour transmettre cette appétence littéraire. Il est la preuve vivante que la culture peut transformer un homme ou une femme. Il faut écouter Philippe Labro parler de sa rencontre avec le jeune Luchini, alors que celui-ci était encore garçon coiffeur. Il avait déjà cette faconde, cette façon si singulière de dire et de mettre en scène les mots. Après une soirée comme celle-là, on a la délicieuse sensation d'avoir appris et d'être l'un des maillons – même minuscule – de cet héritage culturel français exceptionnellement riche.

Fabrice Luchini est fasciné par Bach, qu'il écoute presque quotidiennement. Il y puise réconfort, nourriture spirituelle et stimulation mentale. C'est à sa façon que nous devrions, musiciens classiques, transmettre au public – parfois sans connaissance musicale – cette passion qui nous anime.

En écoutant Luchini, je ne peux m'empêcher de repenser au premier choc que fut pour moi la lecture de poèmes de Lamartine et d'Hugo par Mme Mazas lorsque j'avais seize ans. Ces mots résonnent en moi comme une magie particulière et réconfortante.

Il y a quelques années, j'ai pu pratiquer cet amour des mots avec Bernard Pivot, à qui je demande régulièrement des conseils de lecture. Ces hommes de lettres, ces hommes de mots, sont des sources d'inspiration pour le musicien que je suis. Et là où les mots se succèdent pour donner sens à une phrase, un poème ou un paragraphe, les notes traduisent à la lettre les courbes et les couleurs d'une ligne mélodique.

Chapitre 29

Laurence

1er avril 2008.

De retour d'un concert à Naples où j'avais joué le concerto de Mendelssohn avec Emmanuel Krivine et son Orchestre philharmonique du Luxembourg, je rentrais à Paris pour vingt-quatre heures, épuisé par une angine qui m'avait mis à plat. J'étais sous antibiotiques et devais repartir le lendemain matin pour un concert au Musikverein de Vienne.

Arrivé dans ma petite maison aux Batignolles, j'appelai mon agent Jacques Thelen pour qu'il me donne la liste des invités du dîner au ministère de l'Agriculture, à l'initiative du ministre savoyard Michel Barnier, où j'étais convié. Je reçus par fax – on l'utilisait beaucoup à l'époque, cela paraît si loin déjà – la fameuse liste, et, à la lecture des invités, je confirmai ma participation à ce dîner.

La raison qui me fit confirmer si rapidement, malgré la fatigue et mon angine, était la présence de la journaliste Laurence Ferrari. Je la connaissais de nom, et – n'ayant pas la télévision dans ma maison de Paris – je cherchai sur Google une photo d'elle. À l'apparition de son visage sur l'écran de mon ordinateur, je ressentis un curieux appel intérieur. Non seulement je ne devais pas annuler, mais il fallait absolument que je rencontre cette femme. Absolument.

Ce dîner, organisé par Michel Barnier et son épouse, était en réalité un dîner de Savoyards. Jean-Claude Killy, Jean-Claude Blanc, Jacques Veyrat et quelques autres en étaient, et c'est lors de ce dîner que mes yeux croisèrent pour la première fois cette magnifique femme blonde, énergique et volontaire. La suite nous appartient, mais nous avons eu très vite l'envie de nous revoir, et c'est un déjeuner au restaurant Thiou la semaine suivante et deux mois de correspondance assidue qui nous rapprochèrent.

Je n'oublierai jamais ce dîner du 1er avril 2008. Je portais – pour la première et la dernière fois de ma vie – une cravate rose, que je n'oserais plus jamais arborer aujourd'hui. Elle était atroce ! J'étais simplement émerveillé par Laurence et la douceur de son regard. Mis à part les convives de ce dîner, je ne me souviens que de ce regard. Et je me perdis dans ses yeux plusieurs fois pendant la soirée qui, par hasard, nous avait placés face à face à cette grande tablée au ministère. Nous ne nous sommes plus quittés depuis.

Mariés en 2009 à Paris, dans le cadre enchanteur de la Fondation Polignac et à Eygalières, ce petit village des Alpilles où nous avons vécu tant de vacances heureuses, nous avons construit ensemble les bases d'un amour solide et régénérateur. Laurence est une femme d'action, solaire et pleine d'énergie. Son histoire personnelle et la mort prématurée de sa maman, alors qu'elle était une jeune adulte, lui ont donné une force exceptionnelle. Sous cette carapace, nécessaire pour avancer dans la vie face à un tel drame, se cachent une grande sensibilité et une immense douceur. Elle est mon double et mon guide dans chaque décision à prendre. Son amour de la musique lui confère une grande compréhension nécessaire à ma vie de saltimbanque. Les épreuves qu'elle a endurées dans sa vie personnelle et professionnelle l'ont aidée à bâtir une forteresse derrière laquelle elle sait se réfugier lorsque cela est nécessaire. Et sa famille est la tour de garde de cette forteresse protectrice.

Elle est telle une louve auprès de ses enfants Baptiste et Laetitia, que j'accueillis à bras ouverts dès notre rencontre. Tous deux partagent l'amour de la musique, et je suis avec intérêt leurs chemins professionnels et personnels. Et puis il y a eu le miracle Eliott, né en 2010, qui est un véritable soleil dans notre famille avec son tourbillon d'énergie. C'est un petit garçon de neuf ans tonique et volontaire. Son arrivée dans ma vie m'a transformé et donné comme un nouveau souffle.

Récemment, un soir avant de dormir, Eliott me dit que j'étais le meilleur violoniste au monde. Je lui répondis que la musique n'était pas comme le sport, et qu'il n'y avait pas de classement. Voyant la déception s'inscrire dans ses yeux, je lui expliquai alors que nous étions une trentaine dans le monde à occuper cette place de choix. Rassuré, il conclut alors : « Oui, mais dans les trente, c'est toi le meilleur ! »

L'été dernier, alors que nous fêtions nos dix ans de mariage, nous avons pris quatre jours de repos dans un magnifique endroit dans le Lubéron. Ce furent des moments magiques : c'est pendant ces quatre jours que nous avons écrit nos livres respectifs à raison de sept heures par jour. Inspirés par le lieu, par cette lumière d'une douceur infinie qui caractérise cette région bénie des dieux, nous étions portés par cette aventure commune, nouvelle, et si passionnante qu'est l'écriture. C'est ainsi qu'une grande partie des lignes de cet ouvrage ont été rédigées sur ce beau bureau lumineux et aux côtés de celle que j'aime. Promenades, visites à l'abbaye de Sénanque et dîners en amoureux : c'était une belle façon de célébrer nos onze années ensemble.

EN VERTU DE L'AMOUR

J'ai dénoué la chambre où je dors, où je rêve
Dénoué la campagne et la ville où je passe,
Où je rêve éveillé, où le soleil se lève,
Où, dans mes yeux absents, la lumière s'amasse.

Monde au petit bonheur, sans surface et sans fond,
Aux charmes oubliés sitôt que reconnus,
La naissance et la mort mêlent leur contagion
Dans les plis de la terre et du ciel confondus.

Je n'ai rien séparé, mais j'ai doublé mon cœur.
D'aimer, j'ai tout créé : réel, imaginaire,
J'ai donné sa raison, sa forme, sa chaleur
Et son rôle immortel à celle qui m'éclaire.

Paul Éluard, 27 novembre 1946

CHAPITRE 30

Prise de conscience

Enfant, je rêvais de cette vie de soliste. Cette vie de concertiste enchaînant concerts et voyages, pays et paysages, rencontres et découvertes. Si j'ai le bonheur et la chance de la vivre pleinement aujourd'hui, c'est aussi parce que j'ai appris à appréhender cette vie de nomade. Bien sûr, c'est une vie qui fait rêver, et je suis pleinement comblé de pouvoir partager ma passion à travers le monde.

Mais j'ai vu aussi beaucoup d'artistes trébucher, voire tomber au cours de leur carrière musicale. Trop souvent, la pression, comme en sport, est très importante, et le jeune qui commence sa vie n'est pas de taille à la supporter. Dans certains cas (rares mais réels), ils n'ont même pas choisi cette vie de soliste. Ce sont leurs parents, puis les agents et autres mentors qui les ont poussés vers cette vie en haute altitude. Se réveiller chaque matin avec la certitude que la musique a des vertus bénéfiques sur l'être humain. Avoir la chance de transmettre sa passion aux plus jeunes, avoir la capacité (parfois) de faire rêver, de donner à voyager au public au travers de nos interprétations, de nos émotions transmises. C'est ce moteur-là qui devrait pousser les jeunes prétendants à cette merveilleuse mais périlleuse vie de soliste.

À l'heure où les réseaux sociaux, les promoteurs et les maisons de disques sont à l'affût de la nouveauté, de l'originalité à tout prix ou tout simplement de la rentabilité, il nous faut garder le cap sur une seule valeur : l'excellence dans cet art merveilleux qu'est la musique. La musique pour tous, bien sûr, mais révélée avec pédagogie, avec amour, avec passion, et toujours avec cette notion d'excellence.

Récemment, j'ai réalisé un projet qui me tenait à cœur depuis de nombreuses années : enregistrer un album de musiques de films. J'avais tant aimé ceux réalisés par le grand Itzhak Perlman, dans les années 1990, que je rêvais depuis, secrètement, d'en enregistrer un à mon tour. Pendant huit ans, ce projet a mûri, et j'attendais le bon timing. Un timing qui m'appartient : j'éprouvais le besoin d'être capable de défendre au mieux cette musique magnifique. Ce furent des mois passionnants que ceux de la recherche des titres, de leur transcription, de l'enregistrement puis de la sortie de cet album différent des autres dans ma discographie.

Après un concert à l'Olympia, le disque eut un soudain succès, mais ce sont surtout les retours des spectateurs après un concert de Brahms ou Beethoven, ici ou là, qui m'importent : « On ne vous connaissait pas avant votre disque de cinéma. Mais vous nous avez touchés, on viendra désormais vous écouter. » Bien sûr, le succès du disque m'a réjoui. Mais, bien plus encore, c'est l'ouverture sur un public nouveau, qui souvent considérait la musique classique comme étrangère à son univers, qui m'a procuré le plus de joie. À l'heure où on compte les « likes » et le nombre de vues sur Instagram, j'aime me souvenir de l'éthique d'Adolf Busch, de l'humanisme de Yehudi Menuhin ou de Pablo Casals. Et, si la musique est un vecteur de bien-être ou d'émotion, elle doit être aussi un moyen de transmettre des valeurs essentielles et organiques. Daniel Barenboïm, cet immense musicien, donne avec son Orchestre du Divan occidental-oriental et sa fondation à Berlin qui abrite la salle Boulez, une véritable leçon de vie et de paix. Il est un exemple lumineux dans le monde de la musique d'aujourd'hui.

CHAPITRE 31

Transmettre

C'est ce que j'essaie modestement de faire en enseignant à la Haute École de musique de Lausanne. Son directeur, qui m'approcha en 2012, me parla du départ – ce serait en 2014 – de l'un des enseignants de l'école et me demanda si un tel poste pouvait m'intéresser. Passionné d'enseignement depuis mes années d'apprentissage avec Veda Reynolds, j'avais cela en moi, j'attendais seulement d'être assez « mûr » pour le faire.

À ce moment de ma vie, à l'approche des quarante ans, la transmission devenait une évidence. Je lui fis part de mon intérêt et me portai candidat. Dès la fin de l'année 2014, je passai une audition – où je jouai une sonate de Brahms –, donnai aussi deux leçons devant un jury et passai un entretien. J'avais le sentiment de retourner à mes jeunes années en jouant devant un jury. Ce fut un grand bonheur d'être choisi pour enseigner dès 2014. Voilà cinq ans que je donne, tous les quinze jours, mes cours à Lausanne, secondé par le fantastique violoniste François Sochard.

Suivre de jeunes musiciens, les conseillers, les aider à trouver des solutions à leurs problèmes : l'engagement auprès d'eux me donne une énergie insoupçonnée. Et le bonheur et la joie de les voir progresser sont une chance pour l'enseignant. C'était nouveau pour moi, et c'est sur cette lancée que j'ai créé les « Lausanne Soloists », en 2018. Un ensemble à cordes – un groupe de musiciens anciens élèves ou alumni de la Haute École de musique de Lausanne avec qui j'effectue une ou deux tournées par an. Parmi eux, Alexandra Conunova, violoniste au talent exceptionnel. Les débuts de l'année dernière ont été des moments intenses de travail de préparation puis de concentration et de partage.

Le travail sur le son et la cohérence d'une sonorité de groupe – dans le but de créer une identité sonore d'ensemble – porta ses fruits rapidement. Mais quelle joie de constater, au retour de cette tournée, et quand les cours particuliers reprirent, que chaque violoniste avait progressé individuellement dans ce travail d'ensemble. Ces dix jours intenses collectifs avaient été plus bénéfiques que plusieurs mois de cours.

Voilà pourquoi j'encourage toujours le jeu d'ensemble et l'écoute de l'autre. C'est en fait une école de la vie : si on sait écouter l'autre, on peut mieux l'appréhender et donc le comprendre, et l'interaction en est d'autant plus agréable. En musique, les sonorités doivent s'unir et se marier, alors que chacun a sa propre personnalité, sa propre façon de jouer. C'est chaque jour à la fois un véritable challenge et une école d'humilité et de patience.

À la fin de l'année 2019, j'acceptai la direction artistique de l'Académie Yehudi Menuhin à Rolle, dans le cadre enchanteur de l'école du Rosey, en Suisse. C'est un honneur de pouvoir participer en invitant de grands solistes à donner des master classes dans l'héritage exceptionnel de Menuhin. Je suis heureux de pouvoir apporter idées et projets au sein de cette institution prestigieuse.

CHAPITRE 32

Parenthèses enchantées

Il est presque 17 heures, en cette journée de juillet. Je suis assis au bureau de Jacques Chancel dans sa résidence de Miramont. Son bureau n'a pas changé depuis sa disparition en 2014. Ses carnets, innombrables, méticuleux, consacrés à chaque *Grand Échiquier* sont là, devant moi, classés, archivés. L'odeur de cire de son bureau en chêne massif est mélangée à celle du feu qui crépite dans la cheminée. Même l'odeur des havanes qu'il aimait tant fumer semble encore présente. À portée de main sur le bureau, le grand *Larousse universel*, le *Robert* en six volumes et le *Littré* en cinq volumes. J'essaie d'imaginer combien d'heures il a passées là. À penser. À écrire. À imaginer de nouveaux projets. Car Jacques Chancel était un homme de projet, un homme de partage.

Cinq années après sa disparition, je repense à nos conversations hebdomadaires, à ces cigares que nous partagions dans son bureau de l'avenue Georges-Mandel. C'était un rite immuable. Jacques voulait tout connaître de mes pérégrinations violonistiques et musicales. Mes impressions sur un pays visité, mes joies, les doutes qui pouvaient m'assaillir. Je le questionnais sur sa vie, ses passions, sur son amour du sport. Alors, il se racontait un peu. L'Indochine, sa vie de journaliste. La naissance de France 2 (qui était Antenne 2), celle de Mezzo. Il vantait toujours la beauté d'un musée, le bonheur d'un dîner avec Arthur Rubinstein ou sa complicité avec ses amis de son si beau pays de Bigorre.

Il était amoureux de son « pays ». De ses montagnes. Il connaissait chaque col, chaque ruisseau, chaque village. Cent fois, il m'invita à Miramont. Cent fois, je promis, avec cette certitude que nous avions le temps, puisqu'il me paraissait immortel. C'est finalement sa délicieuse épouse Martine qui me fit découvrir Miramont. À quatre-vingts ans passés, Chancel en avait à peine vingt dans sa tête. Son appétit de la vie et sa curiosité des autres le nourrissaient.

Il essayait de me convaincre d'écrire. De tenir un journal. Il insistait, je résistais, persuadé que mes voyages et autre rencontres n'avaient pas plus d'intérêt que cela pour un éventuel lecteur (pour lui faire plaisir, au début, je tenais ce journal que je lui apportais de temps à autre). Plus tard, j'eus l'idée d'un livre en commun. Des conversations retranscrites. Lorsque je lui en parlai, je vis son œil briller. Trois semaines plus tard, nous étions prêts pour commencer notre projet. Et puis, très vite, son état de santé s'est aggravé : la maladie l'a emporté en six mois. La bande de quadras avec qui il aimait échanger sur la vie (François Busnel, Adrien Bosc, Florian Zeller et Pierre-Antoine Capton) est devenue subitement orpheline.

Jacques Chancel a été un grand journaliste, certes, et les *Radioscopies* et *Grands Échiquiers* en témoignent, mais il fut avant tout, pour moi, un guide et un ami.

Nous avions l'habitude d'appeler nos rencontres hebdomadaires à Paris des parenthèses enchantées. Elles le resteront à jamais.

CHAPITRE 33

Le jeune homme de Hambourg

Brahms est certainement le compositeur que j'ai le plus joué. Le plus écouté aussi. Très jeune, je rêvais en écoutant ses trios par Stern, Istomin et Rose. Sa musique m'a toujours rassuré, rempli, apaisé. J'avais le sentiment qu'il me tendait la main, m'invitant dans cet univers sonore riche et enchanteur. Chez Brahms, il y a immédiatement cette sensation de douceur, de calme, mais aussi d'intensité. Du romantisme, bien sûr, mais avec un académisme mesuré, un sens inné de la phrase, un amour de la texture sonore. Dès que je fus capable de jouer sa musique, je la jouai intégralement – tout ce qu'il a écrit pour le violon.

J'attendais plus longtemps pour jouer le concerto op. 77, œuvre aux contours mobiles et larges. Écrite pour son ami, le violoniste Joseph Joachim, cette pièce est un chef-d'œuvre du début à la fin. Pour un violoniste – en tout cas pour moi –, elle représente l'un des sommets des concertos pour violon avec celui de Beethoven. J'allais jouer plus tôt le Beethoven et j'attendrais plus longtemps pour le Brahms, n'ayant pas les épaules assez solides pour aborder ce concerto. Je le joue depuis une quinzaine d'années avec bonheur, et j'ai eu le privilège immense de l'enregistrer avec le Philharmonique de Vienne et Daniel Harding.

Plongé dans la sonorité de cet orchestre symphonique, j'entrai dans l'univers de Brahms. En répondant à l'orchestre, j'avais le sentiment de vivre à l'époque où Brahms lui-même était à Vienne, écoutant ses propres œuvres jouées par le merveilleux Philharmonique.

J'ai plus joué le double concerto, notamment avec mon frère. C'est une œuvre splendide, fruit d'une volonté de réconciliation avec Joachim, avec qui il s'était un peu brouillé. Ce double concerto scelle en quelque sorte les retrouvailles des deux amis.

Durant mes années de Conservatoire, passionné par Brahms, je lisais la biographie des Rostand chez Fayard et collectionnais les versions des concertos pour piano. Ma préférée, à l'époque, était celle de Claudio Arrau et du grand Giulini. Parmi mes enregistrements choisis figuraient aussi les quatre symphonies par Abbado et le *Requiem allemand* par Giulini. Puis il y eut la découverte en concert de toute sa musique de chambre avec piano et cordes. La jouer en intégralité fut une aventure extraordinaire que j'aimerais renouveler un jour prochain.

Finalement, Brahms, que j'interprète en permanence, n'a jamais cessé de m'accompagner. Et en jouant ses œuvres, j'éprouve cette même sensation de plénitude et d'accomplissement.

CHAPITRE 34

Danser sur un fil

On me demande souvent ce que je ressens, en tant qu'artiste, sur scène, pendant un concert. Je suis assez désemparé pour répondre, car l'état dans lequel je me trouve au moment de la performance est difficile à décrire. J'ai constaté, en revanche, que celui qui est le mien avant le concert, ou l'état de concentration dans lequel je me plonge avant de jouer telle ou telle œuvre, varie énormément selon la pièce à interpréter.

Jouer Mozart nécessite d'être dans une disposition d'esprit totalement libre. Avant d'interpréter un concerto ou une sonate de Mozart – j'ai récemment donné l'intégrale des cinq concertos avec la Camerata de Salzbourg, puis celle des seize sonates avec Kit Armstrong à Salzbourg dans le cadre de la Mozartwoche de la ville natale du compositeur –, j'ai ce besoin physique de me sentir léger, en pleine forme psychique et mentale. Il ne m'est pas imaginable d'être exposé à quelque contrariété ou sentiment de mauvaise humeur que ce soit avant le concert, lorsque je joue ces œuvres.

Interpréter Mozart est un peu comme danser sur un fil. Il faut être à la fois très concentré mais incroyablement souple et libre. L'écriture de Mozart est si naturelle, si fluide, si géniale de bout en bout qu'il faut être dans cet état de liberté totale pour un vrai lâcher-prise. Et, pour cela, la préparation est primordiale. Il faut, en quelque sorte, jouer avec la même facilité que celle avec laquelle Mozart composait. En revanche, lorsque j'interprète la musique de Schumann, par exemple, ou plus spécialement son concerto pour violon, je me mets dans un état psychologique très différent. Cette œuvre – l'une des dernières du compositeur – porte une histoire très particulière. Écrite alors qu'il était au plus mal – il allait se jeter dans le Rhin quelques mois plus tard –, elle est empreinte de sentiments d'une grande douleur mais aussi d'une immense inspiration. N'étant pas considérée comme digne du génie de Schumann, elle fut cachée par sa femme Clara et son ami de toujours, Joseph Joachim. C'est Menuhin qui la fit découvrir en 1937, mais on lui interdit de la jouer en Allemagne. Les nazis lui préférèrent le violoniste allemand Georg Kulenpkampff. Finalement, cette partition sublime aux harmonies célestes aura eu tout le mal du monde à entrer dans le répertoire des violonistes et dans le cœur des mélomanes.

J'ai toujours adoré ce concerto, dès que je l'ai découvert à l'âge de dix-huit ans. Et je le jouais pour la première fois dans des circonstances assez particulières : Joshua Bell ayant annulé sa venue au dernier moment pour deux concerts à Lyon, on me demanda de le remplacer. La répétition avait lieu à 10 heures à Lyon le lendemain. Je demandai à J. Thelen de me donner vingt minutes de réflexion : j'adorais ce concerto mais ne l'avais jamais travaillé. Porté par le défi et mon amour pour ce chef-d'œuvre, je fus bien présent à Lyon pour la répétition le lendemain matin donc.

J'ai la mémoire très vive de ces heures de travail ininterrompues de 11 h 30 à 3 h 30 du matin. Les deux concerts me confirmèrent que ce concerto m'accompagnerait toute ma vie. Je pense humblement que, si Clara et Joachim n'ont pas voulu dévoiler ce concert au public, c'est qu'il renferme trop de signes de la fragilité psychique et morale de Schumann. À chaque mesure, on est le témoin de ses peurs, de ses angoisses, de ses obsessions aussi. Mais, aussitôt après, dans des moments de grâce – notamment dans le deuxième mouvement, qui semble être une prophétie en musique –, on accède à ces instants magiques et hors du temps. Sa femme et son meilleur ami ont voulu protéger l'homme. En portant l'œuvre à la lumière, Menuhin a mis le compositeur à l'honneur.

La perception n'est pas la même avant de jouer le concerto de Brahms ou celui de Mendelssohn. Même si la préparation violonistique, elle, est toujours aussi présente. Mais l'état intérieur, l'imagination, la possibilité de se laisser aller en musique est fort différente.

Et puis il y a la musique d'aujourd'hui. Paradoxalement, elle m'a toujours apporté une grande liberté. Il y a tout d'abord la préparation : rien n'est plus exaltant que de recevoir la première épreuve d'une œuvre qui vient d'être composée. C'est un peu comme le pain chaud tout juste sorti du four ou la peinture encore fraîche d'un tableau à peine achevé. À la première lecture, et même avant cela, avec le toucher du papier et l'ouverture de la partition vient le premier contact physique avec cette œuvre toute nouvelle. Puis vient la première lecture visuelle – sans instrument. Et, très vite ensuite, les heures de travail sur l'instrument. Ce sont souvent des heures ingrates et fastidieuses d'apprentissage, de mise en place et d'apprivoisement de l'œuvre. Il faut se l'approprier. Il faut la décoder, parfois.

Lorsqu'il s'agit d'un compositeur dont vous avez déjà souvent joué la musique, son écriture vous est familière. Mais, parfois, tout est nouveau. Et il faut comprendre ce langage. C'est un peu comme apprendre une nouvelle langue. Le moment que je préfère est la première lecture avec orchestre – lorsqu'il s'agit d'un concerto. Durant les jours ou les semaines qui précèdent celle-ci, on est seul dans sa chambre d'hôtel à apprendre l'œuvre. Il y a en général une rencontre avec le compositeur, plusieurs parfois, surtout lorsqu'il s'agit de proches comme Widmann, Dusapin ou Attahir.

J'ai toujours une grande appréhension au moment de « dévoiler » l'œuvre devant le compositeur. Il y a ce sentiment étrange de faire sonner pour la première fois ce que le compositeur avait en lui pendant des mois. Il faut faire face aux critiques, aux conseils aussi. C'est toujours un moment très intense, électrique parfois, mais précieux. Il arrive que les rencontres se tiennent plusieurs jours avant la première répétition avec orchestre, ou quelques heures avant le début de la répétition. Dans certains cas, tout se fait le même jour, dans une intensité et un sentiment d'urgence qui donnent à la création un caractère unique.

Ma rencontre avec le jeune Français Benjamin Attahir eut lieu à Rome, dans le cadre enchanteur de la Villa Médicis. Nous avions, à l'origine, prévu de nous rencontrer pour évoquer un projet de concerto. Puis Benjamin avait suggéré de m'écrire une petite pièce pour faire connaissance. J'acceptai avec enthousiasme. La pièce durait en fait plus de dix minutes et était d'une immense complexité instrumentale. Arrivé par le premier avion de Paris à Rome, je découvris la Villa Médicis et Benjamin par une chaude journée de juillet. Il était 11 heures. Nous ne nous étions jamais rencontrés – nous avions beaucoup échangé au téléphone –, et le concert avait lieu le jour même. Ce furent des heures merveilleuses de travail et de discussion. Chaque minute comptait, et apportait son supplément d'âme. La création ne fut, certes, pas parfaite, mais elle allait sceller une amitié musicale et humaine de premier plan.

Depuis cet été 2017, Attahir m'a composé deux autres pièces, et j'attends avec hâte le concerto que nous jouerons à Berlin avec Daniel Barenboïm. La première écoute intégrale de l'œuvre créée est un moment unique. Le dessin en noir et blanc que vous aviez sous les yeux devient en couleurs puis en 3D. C'est à ce moment-là que la pièce se met visuellement à vivre et à résonner en moi. C'est dès cet instant que j'en prends véritablement possession. L'architecture et la texture de l'œuvre, sa forme et ses contours divers voient le jour de façon claire et illuminent la vision que vous vous faisiez de l'œuvre.

Chapitre 35

Notre-Dame

La nuit de l'incendie de Notre-Dame de Paris, j'eus du mal à trouver le sommeil. Comme la plupart des Français et des Parisiens, j'avais été heurté par ces images. Un symbole qui brûlait sous nos yeux. Une pièce unique de notre patrimoine partait en fumée. C'est cette nuit que me vint cette idée toute simple : puisque je me posais la question de ce que je pouvais faire pour aider, je me décidai à donner une série de concerts au profit de la restauration de Notre-Dame de Paris. Grâce à l'aide de Publicis Live, d'un généreux mécène (voulant garder l'anonymat) et de quelques amis, dont le père Benoît de Sinéty, je mis en place ces six concerts. Cette tournée vient de s'achever.

Nous avons joué les *Variations Goldberg* de Bach dans la transposition pour trio à cordes de Dmitry Siktovetsky. Ensemble, avec mes amis musiciens, Gérard Caussé, Adrien La Marca, Julia Hagen, Edgar Moreau et Victor Julien-Lafferière, nous avons vécu des moments uniques, des moments de communion intense avec le public.

Quelques jours avant la première date à la cathédrale de Chartres, nous ne savions pas si nous aurions une audience de cinquante, cent ou cinq cents personnes. Ils furent huit cents dès le premier concert. Et plus de mille à Amiens. Au-delà du nombre, c'est la ferveur et la qualité du silence qui m'impressionna. Il faut dire que jouer Bach dans une cathédrale de 42 mètres de haut nous rend humbles et vulnérables. Portés par ces lieux de haute spiritualité, par le public venu tout simplement pour témoigner de son soutien à cette noble et belle cause de Notre-Dame de Paris, nous avons donné le meilleur de nous-mêmes.

Ayant ajouté ces six dates à mon calendrier, je donnai quelque douze concerts en quatorze jours. Mais, à la place de la fatigue, j'éprouvais, après chaque concert, un sentiment de plénitude et de paix intérieure rarement vécu. Jamais je n'aurais pu imaginer, dans la nuit de cet incendie de Notre-Dame de Paris, que j'allais vivre, entouré de tous mes amis, ces moments d'éternité.

À l'heure où j'écris ces lignes, nous venons d'avoir la confirmation d'une recette de plus de 100 000 euros que nous allons reverser à Notre-Dame et aux cathédrales nous ayant accueillis. J'ose écrire que je suis fier de cette tournée et de l'impact qu'elle aura eu sur un public et des musiciens réunis par la même cause : aider à la sauvegarde d'un bâtiment historique – d'une part de notre histoire de France, de notre histoire personnelle.

CHAPITRE 36

Bach et la foi

Bach a toujours accompagné ma vie, d'homme et de musicien. Comme la Bible a toujours été le socle de ma foi, Bach est le socle de ma vie de musicien.

J'ai besoin de silence et de recueillement pour lire la Bible comme j'en ai besoin pour jouer ou écouter Bach. J'ai eu la chance – ou plutôt la grâce – d'avoir une foi simple, naturelle et solide. Je dis souvent que j'ai la foi du charbonnier. Je doute de moi, je doute de tout. Mais pas de cette foi inébranlable. Dans la musique de Bach, je retrouve cette vitalité, cette force tellurique de la musique qui s'élève. Une musique qui lave, qui purifie, qui remplit et qui stimule.

Jouer Bach, pour moi, c'est prier. C'est partager cet amour et cette foi immense que Bach a mis dans sa musique. Il y a à la fois la grâce du don et du génie, et la douceur de l'amour et de l'homme croyant. Celle de l'homme qui élève l'âme par sa musique. C'est sûrement pour cette raison que j'attends depuis si longtemps de jouer en concert et d'enregistrer les sonates et partitas pour violon seul de Bach.

Parce que, avec chaque jour qui passe, j'espère être un homme meilleur. Digne de pouvoir faire face à ce chef-d'œuvre de la musique qui monte directement au Ciel. Pour cela, il faut avoir une âme pure. Ou, en tout cas, essayer chaque jour de s'améliorer. Alors, je chemine avec Bach comme je chemine avec ma vie d'homme. J'ai joué les concertos puis les ai enregistrés. Puis ce furent les sonates pour violon et clavier. Il y a quelques mois, les *Variations Goldberg*, que nous avons jouées dans six cathédrales pour Notre-Dame de Paris. Je sais que la prochaine étape sera celle des sonates et des partitas. Celles que j'ai tant aimé entendre être interprétées par le jeune Menuhin de seize ans, qui jouait comme un ange. C'est cela le vrai enjeu pour jouer Bach : retrouver son âme d'enfant pour accéder à une part d'absolu.

CHAPITRE 37

Légendes

Parmi mes références musicales, il y a d'abord Yehudi Menuhin, que j'écoutais dans les sonates et partitas de Bach, dans le concerto d'Elgar qu'il sublimait avec le compositeur à la baguette dès l'âge de seize ans à Londres. La *Sonate à Kreutzer* de Beethoven et celle d'Enesco avec sa sœur Hephzibah, dans des dialogues si inspirés, presque prophétiques. Autre grand maître du violon, l'unique Nathan Milstein dans le concerto de Goldmark – une impression d'équilibre parfait, une impression légère, comme un funambule dansant sur un fil en souriant.

Et puis il y eut le choc : la découverte de la sonorité incomparable de Christian Ferras, ce violoniste français adoré par Karajan – ils devaient enregistrer ensemble vingt concertos pour violon avec le Philharmonique de Berlin, et au final il ne restera « que » Bach, Beethoven, Brahms, Sibelius et Tchaïkovski. Un destin malheureusement foudroyé, cet artiste de génie connaissant lors des dix dernières années de sa vie une véritable descente aux enfers due à un alcoolisme profond. Malgré un dernier sursaut en 1982 et un concert inoubliable salle Gaveau, il décide de mettre fin à ses jours le 14 septembre 1982 en se jetant du dixième étage de son immeuble, alors qu'il avait à peine cinquante ans. Sa sonorité intense, capiteuse, troublante ne cesse de me hanter, et de m'émouvoir au plus profond de mon être. Sa sonate de Lekeu avec Barbizet, ses concertos de Brahms – avec le Wiener Philharmoniker et Carl Schuricht – et son concerto de Bruch avec Silvestri, son poème de Chausson… Ferras était le violoniste idéal à mes yeux.

Je me souviens aussi avoir écouté en boucle les trios de Beethoven, Brahms et Schubert par le trio légendaire de Stern/Istomin/Rose, sans imaginer un seul instant que quelque vingt ans plus tard, je jouerais à mon tour sur ce même violon possédé à l'époque par Isaac Stern. Et puis, bien sûr, Arthur Grumiaux : ses Beethoven avec Clara Haskil, leurs Mozart miraculeux. Les Schubert de Szymon Goldberg avec le tout jeune Radu Lupu à l'époque étaient, pour mes jeunes oreilles, de véritables enchantements.

Enfin, parmi les violoncellistes, j'étais littéralement fasciné par Jacqueline Dupré, cette flamboyante artiste britannique, partenaire musicale et épouse de Daniel Barenboïm jusqu'à sa mort prématurée due à la sclérose en plaques dans les années 1980. Son intériorité dans le concerto d'Elgar me tire à chaque fois des larmes, comme si les teintes sombres de cette œuvre résonnaient avec sa propre histoire tragique. Sa sensibilité à fleur de peau irradiait aussi les trios de Beethoven qu'elle jouait avec Barenboïm et Pinchas Zukerman, ou encore les sonates de Beethoven avec le jeune Stephen Kovacevich (qui s'appelait Bishop à l'époque).

Du côté des compositeurs, je voue depuis toujours une véritable passion à Brahms, et je ne compte pas les heures que j'ai passées à écouter en boucle ses quatre symphonies ainsi que le *Requiem allemand* par Abbado et Giulini.

J'ai souvent dit que plonger dans la musique de chambre de Brahms s'apparentait à prendre un bain d'huiles essentielles, car c'est réellement la sensation que cela me procure sur scène. À l'époque, je ne faisais que rêver pouvoir la jouer un jour. Plus tard, un autre monde musical s'est ouvert à moi lorsque j'ai découvert les symphonies de Bruckner – par Karajan, mais surtout par Giulini (les 7e, 8e et 9e) – et puis toute l'œuvre de Richard Strauss, ses poèmes symphoniques, ses opéras. Un univers entier à explorer, un trésor inestimable. Bref, je n'avais pas assez de temps pour rassasier ma curiosité pour ce répertoire exceptionnel.

Je me souviens très bien du jour où j'entendis Korngold pour la première fois. Son concerto puis son opéra *Die tote Stadt*, sa musique de chambre m'ont vraiment électrisé : je voulais tout jouer et tout de suite. Idem pour Schubert, pour Schumann – je me suis rué sur-le-champ dans la médiathèque du Conservatoire à Berlin pour trouver la partition de son concerto pour violon, afin de commencer sans plus tarder à le travailler.

Les voix humaines me donnent aussi des émotions incomparables. J'aimais infiniment la voix de Kathleen Ferrier et celle d'Elisabeth Schwarzkopf, celle de Dietrich Fischer-Dieskau. Puis vient le moment inévitable pour un musicien où la rencontre avec Mahler se fait. J'ai eu la chance d'être à ce moment-là à Berlin et de pouvoir écouter toutes ses symphonies par le Philharmonique de Berlin lors de mes années d'études.

Aussi loin que je me souvienne, la musique a toujours occupé mes paroles et mes pensées. Elle a toujours été au cœur de ma vie.

CHAPITRE 38

Vous étiez fatigué, non ?

Parcourir le monde avec son instrument, c'est vivre des aventures passionnantes et exaltantes bien sûr, mais aussi parfois des expériences imprévues ou être le témoin de situations hors du commun. Le plus souvent, toutefois, ce sont les rencontres avec le public après le concert qui remportent la palme des instants savoureux. Ainsi, après un concert où j'avais donné trois sonates de Mozart, Schumann et Brahms, une dame très élégante vint se présenter pour ce que je pensais être un moment d'échange sur le concert. Plantée devant moi, elle me dit : « C'est difficile, Mozart, n'est-ce pas ? » Ne me laissant pas le temps de répondre, elle enchaîna : « Vous étiez fatigué dans Beethoven, non ? » Et ajouta : « Et puis, je n'ai pas du tout aimé Schumann. » Elle me salua et disparut.

Je restais là, comme sonné par une telle rencontre. J'en ris encore aujourd'hui en repensant à cette scène. On ne peut pas en vouloir à un public qui n'est pas convaincu par votre interprétation. Et, malgré les applaudissements et les bravos, il faudrait être naïf et vaniteux pour penser que tout le public a adoré votre façon de jouer. Mais je me suis toujours posé la question de la nécessité d'aller voir un artiste après le concert pour lui dire, droit dans les yeux, en souriant, que l'on n'a pas aimé telle ou telle prestation. Certaines personnes viennent vous parler d'un détail, d'une mesure ou d'un mouvement précis. Parfois, c'est intéressant. Souvent, c'est plutôt une façon de vous montrer que la personne « connaît » aussi la musique.

Aujourd'hui, depuis le règne des smartphones, on ne signe que très peu de disques ou de programmes, mais on enchaîne les selfies et autres photos. C'est un sport national en Asie, particulièrement. Et je suis toujours impressionné par les files d'attente de plusieurs centaines de spectateurs parfois après un concert, patientant avec une grande discipline avant de pouvoir prendre une photo avec l'artiste.

Les multitudes de déplacements nous font vivre d'innombrables retards, annulations d'avion et autres grèves. Cela est presque banal dans la vie de toute personne voyageant régulièrement et jamais agréable lorsque le concert est le soir même. Récemment, alors que j'étais en tournée avec les

Lausanne Soloists, la compagnie aérienne perdit seize valises pour vingt musiciens. Après une mutualisation des tenues des quatre chanceux ayant leur bagage, et l'emprunt de chaussures et de pantalons à l'orchestre qui jouait le lendemain, nous avons donné notre concert sans être trop déguisés. Mais il y avait tout de même çà et là quelques pantalons trop courts et quelques manches trop longues.

Cela fait partie des risques du métier, et, la plupart du temps, cela crée une atmosphère bien sympathique. Il y a aussi des situations plus critiques. À notre arrivée à Valence par avion, pour un concert à Alicante avec mon complice Jérôme Ducros, mon agent espagnol nous avait réservé une voiture pour aller de Valence à Alicante. Croyant nous faire plaisir, elle avait demandé une limousine. À la vision de la voiture des années 1980, à l'intérieur en skaï, avec les lumières et autres gadgets qui vont avec, nous étions déjà amusés. Mais la suite du voyage fut plus critique. Quelques minutes après notre départ, une épaisse fumée sortit du toit à l'intérieur de la voiture. Alarmés, nous nous tournâmes vers le chauffeur, qui sourit en disant : « C'est de la condensation, pas d'inquiétude. » À moitié rassurés, nous poursuivîmes notre voyage, ironisant sur cette vieille limo fumante. La fumée redoubla d'intensité et nous comprîmes alors rapidement que le circuit électrique de la voiture était en train de brûler. La fumée sortait maintenant des portes et du toit. Plus du tout amusés, nous exigeâmes alors du chauffeur qu'il s'arrêtât et s'expliquât. Étant presque à destination, c'est toutes vitres ouvertes que nous arrivâmes à Alicante dans cette vieille limo fumante tombée en désuétude. Je n'oublierai jamais le regard de mon agent espagnole en nous voyant piler devant la salle de concert. Avec le recul, cette histoire nous fait hurler de rire, mais elle aurait pu être dramatique.

Autre souvenir. Je rencontrai Jacques Chirac lors d'un déplacement qu'il fit en Savoie en 2001. J'avais été appelé par l'Élysée pour assister à un déjeuner en présence du président de la République et de différents talents savoyards. J'étais le seul musicien parmi une quinzaine de skieurs et de champions de saut ou de curling. D'entrée, le Président commanda une bière. L'homme était éminemment sympathique. Il possédait une fiche sur chacun d'entre nous, qu'il lisait entre deux plats. Il avait l'air passionné par chacun de nos récits, chacune de nos anecdotes.

Lorsque mon tour arriva, il me posa les questions d'usage et demanda à voir mon violon. Je jouais à l'époque sur un sublime Guadagnini prêté par un ami suisse. Le violon avait été celui du violoniste Arthur Grumiaux. L'un des plus beaux spécimens de ce luthier italien. Nous en étions au fromage lorsque le président Chirac tendit les mains pour saisir le violon, qu'il voulait voir de près. Immédiatement, j'expliquai poliment et respectueusement, mais de manière ferme : « Monsieur le Président, pourriez-vous s'il vous plaît vous essuyer les mains avant de prendre mon instrument ? » Le silence qui suivit et les quinze paires d'yeux qui me fixaient à cet instant exprimaient tous la même chose : j'avais osé demander au Président de s'essuyer les mains avant de prendre mon violon, quelle insolence ! L'éclat de rire du Président vint clore cet épisode, et il répondit : « Mais bien sûr, cher ami, cet instrument est d'une grande valeur, mon ami Étienne Vatelot m'a tout appris sur les luthiers. » Soulagement dans l'assistance et éclat de rire général.

J'offris alors au président Chirac mon tout premier disque – Schubert que je venais d'enregistrer avec mon ami Jérôme Ducros. Nous avions vingt ans et étions lui et moi tellement inconnus. En me remerciant, le Président eut cette phrase géniale : « Ah ! Vous jouez avec Ducros ? Il est formidable. » Toute la table était bluffée par sa « culture » ; quant à moi, je m'empressai de raconter cette séquence à l'intéressé, J. Ducros, et nous rions encore aujourd'hui de cette anecdote. Chirac ne connaissait pas plus Ducros que mon boulanger, mais les politiques ont ce talent de vous faire croire qu'ils connaissent tout le monde. Chirac était fascinant dans cet exercice. Et ce, avec un naturel déconcertant.

CHAPITRE 39

Vous

J'ai vécu des moments privilégiés sur scène avec des publics parfois très différents.

J'ai appris à les connaître.

J'ai appris à vous connaître.

Car ces quelque 140 concerts par an, ces voyages incessants et ces heures de travail acharné jusqu'à m'en arracher la peau du cou et des doigts : c'est pour vous. Tenter de vous raconter au travers de la musique qui émane de mon instrument, les contours de mon âme, mais surtout de vous faire découvrir ou redécouvrir les chefs-d'œuvre que je m'évertue à servir au mieux.

Un public, c'est une présence, une qualité d'écoute, un accueil.

Je suis toujours touché par la chaleur des applaudissements lors de mon entrée sur scène dans des lieux où j'ai souvent joué : elle semble me dire que vous êtes heureux de me retrouver et de m'entendre à nouveau. C'est incroyablement encourageant et gratifiant pour un artiste.

Quant à la qualité d'écoute, elle est essentielle, certes, mais je ne suis pas de ceux qui s'insurgent contre les applaudissements entre les mouvements. Je pense plutôt à l'enthousiasme et à la présence d'un nouveau public qui n'était peut-être pas habitué aux codes du classique (on est censé applaudir à la fin d'une œuvre et non pas à la fin d'un mouvement). À l'époque de Mozart ou de Haydn, si un mouvement plaisait plus qu'un autre, il était applaudi et parfois même rejoué immédiatement en fonction du degré d'appréciation du public.

Lorsque je donne le concerto de Brahms, celui de Tchaïkovski ou encore l'intégrale des dix sonates de Beethoven, vos applaudissements sont une récompense, mais aussi le signe d'un immense respect pour ces œuvres magistrales.

Parfois, vos silences, après un mouvement lent particulièrement recueilli, lorsque vous semblez retenir votre respiration, me procurent autant sinon plus d'émotion qu'un tonnerre d'applaudissements ou de « bravos ». Il y a là une magie qui s'opère, une sorte d'osmose entre les spectateurs, les artistes et la musique.

Et puis il y a la sortie de scène. Ce moment à la fois douloureux et libérateur, où la fierté du travail bien fait le dispute à la tristesse de quitter cet enchantement que nous venons de partager. Je suis généralement trempé de sueur, mais j'ai le sentiment, viscéralement ancré en moi, d'avoir tout donné, tel un sportif, et aussi l'impression de vous avoir parlé et d'avoir un peu partagé mon intimité au travers de Beethoven, Mozart et Brahms.

La descente d'après-concert est parfois violente et abrupte, car l'on passe trop vite de la lumière à l'ombre, lorsque les applaudissements s'éloignent et que retombe la lourde solitude. Fort heureusement, il y a aussi ces moments de rencontre lors des signatures de disques. Lorsque je sors de ma loge, encore un peu euphorique, il y a vos sourires, vos petits mots si gentils, ces paroles murmurées sur le registre de l'émotion, il y a vos vies qui se mêlent à la mienne, vos souvenirs qui viennent peupler les œuvres que je viens de jouer : tantôt c'est un père qui vous les a fait découvrir, ou bien une mère trop vite disparue qui vous les fredonnait lorsque vous étiez enfant. Dans certains festivals d'été où je me produis presque chaque année, j'ai d'ailleurs l'impression de retrouver une famille, ma famille de cœur.

Nous aimons la musique de la même façon.

Vous êtes les acteurs principaux et essentiels de ma vie musicale.

Sans vous, je ne serais qu'un passionné égoïste ne sachant que faire de tous les trésors que recèlent ces œuvres.

Avec le disque *Cinéma*, où j'ai exploré avec bonheur le répertoire somptueux de la musique de film, j'ai rencontré un nouveau public, généreux, curieux de découvrir de nouveaux horizons ; et, je dois vous l'avouer, ma plus grande satisfaction est de voir de plus en plus d'enfants et de jeunes adultes au concert : cela me réjouit profondément.

À l'heure où je viens de diriger pour la toute première fois un orchestre symphonique, et où j'ai ressenti à nouveau l'appel impérieux de la musique, je sais que nous avons encore beaucoup d'aventures musicales et d'émotions à partager ensemble.

Remerciements

Merci à Maxime Catroux, qui a su me convaincre avec bienveillance d'écrire ce livre.

Merci à la femme que j'aime, Laurence, qui ne cesse d'éclairer ma vie.

Table

Composition et mises en pages
Nord Compo à Villeneuve-d'Ascq

Cet ouvrage a été achevé d'imprimer sur Roto-Page
par l'Imprimerie Floch à Mayenne en février 2020
N° d'édition : L.01EHB001018.N001. N° d'impression : 95826
Dépôt légal : mars 2020
Imprimé en France